CLV

Dieses Buch ist auch als Hörbuch (3 CDs) erhältlich.
ISBN 3-89397-934-4

Das Geheimnis von Narnia

Für alle, die spüren,
dass es Narnia tatsächlich gibt,
oder sich wenigstens wünschen,
dass es so wäre.

CLV

Christliche
Literatur-Verbreitung e.V.
Postfach 11 01 35 · 33661 Bielefeld

1. Auflage 2005
2. Auflage 2005

Postfach 11 01 35 · 33661 Bielefeld
Internet: www.clv.de
Umschlag: Lucian Binder, Meinerzhagen
Satz: CLV
Druck und Bindung: Ebner & Spiegel, Ulm

ISBN 3-89397-545-4

Inhalt

Ein paar Worte zur Einstimmung

Der König von Narnia (im Original *Der Löwe, die Hexe und der Wandschrank*) von *C.S. Lewis* wurde das bekannteste Buch der siebenteiligen Reihe *Die Chroniken von Narnia*. Es erzählt die Erlebnisse von Peter, Suse, Edmund und Lucy, die durch einen magischen Wandschrank in das geheimnisvolle Land Narnia kommen. Ein Land, das bewohnt wird von sprechenden Tieren, Zwergen, Riesen und anderen Fabelwesen. Der König dieses Landes ist der Löwe *Aslan*. Doch schon seit hundert Jahren herrscht in Narnia die *Weiße Hexe Jadis*, die mit ihrem Zauber die Welt in einem nie aufhörenden Winter hält. Aber es gibt eine Prophezeiung, dass ihr böser Zauber eines Tages gebrochen werden wird, und diese Befreiung soll etwas zu tun haben mit der Ankunft von vier Menschenkindern …

Nun wurde das epische Abenteuer mit großem Aufwand und modernster Tricktechnik verfilmt. Damit ging für unzählige Liebhaber Narnias ein Traum in Erfüllung. Denn obwohl dies bereits die dritte Verfilmung ist, kann man erstmals davon ausgehen, dass der *C.S.-Lewis*-Klassiker der Kinderliteratur würdig auf der Leinwand gezeigt wird. Auch soll *Der König von Narnia* nur der Auftakt einer ganzen Serie von Narnia-Filmen sein.

Da lohnt es sich also besonders, ein wenig mehr über die Hintergründe dieser geheimnisvollen Welt zu erfahren, vor allem, wenn wir von den Filmemachern hören, dass uns die mystische Welt Narnias mehr bieten will als nur Unterhaltung.

Cary Granat, Mitgründer und Geschäftsführer von *Walden Media* kommentiert: »*Der König von Narnia* ist einer der meistverkauften Kinder-Romane aller Zeiten. Er ist voll von bunt schillernden Gestalten, die vor denselben Entscheidungen stehen wie wir. Durch *Fantasy* hält uns C.S. Lewis einen Spiegel der Lektionen der wirklichen Welt vor.«

Ein phantastischer Spiegel, der die Realität unseres Lebens zeigt. Das trifft den Nagel auf den Kopf. Das wollte Oxford-Professor und Philosoph C.S. Lewis immer, wenn er Fantasy-Romane schrieb.

Ganz gleich, ob er nun für Kinder oder für Erwachsene phantastische Geschichten verfasste: Immer wollte er damit Dinge sichtbar machen, die man sonst nicht sehen kann.

Verbirgt sich hinter der Geschichte also ein Geheimnis?

Ja, *Die Chroniken von Narnia* erzählen uns Geheimnisse. Geheimnisse, die für unser Leben von höchster Bedeutung sind. In unserer Geschichte geht es zum Beispiel darum, dass eine Welt, die in der Kälte des Winters erstarrt ist, den Frühling erleben soll, dass man wieder aufatmen und vor Freude tanzen kann. Ein Wunsch, der in der Tiefe jeder Menschenseele schlummert. In Narnia erfahren wir, wie dieser Traum Wirklichkeit werden kann.

Interessiert? Dann ist *Das Geheimnis von Narnia* etwas für dich! C.S. Lewis erzählt uns *die Lektionen des wirklichen Lebens* in Bildern und Symbolen. Als Führer durch die Welt der Bilder und Symbole ist dieses Büchlein gedacht. Es soll uns die wichtigsten Geheimnisse der Welt hinter dem Wandschrank entschlüsseln.

So viel vorweg. Und nun viel Spaß bei der abenteuerlichen Reise in den Frühling von Narnia!

1 Die Welt hinter dem Wandschrank

»Aber, Herr Professor«, rief Peter, »das kann doch nicht wahr sein!«

Der König von Narnia, S. 42

Vielleicht kennst du das auch: Es gibt Dinge, an die erinnert man sich, auch wenn sie längst verflossen sind. Sie sind unscheinbar, eigentlich bedeutungslos und trotzdem eingebrannt in unser Gedächtnis. Für mich war das so mit Narnia, der Welt hinter dem Wandschrank.

Ich habe keine Ahnung mehr, wie alt ich war, sicher aber noch sehr klein, da zappte ich, allein zu Hause, am Fernseher rum, und plötzlich sah ich sie, die wundersame Welt im tiefen Winter. In ihr begegnete ich der schrecklichen *Weißen Hexe*, die alles in Eis erstickte, und auch ihrem Widersacher, *Aslan*, dem königlichen Löwen – dem Guten und Starken, der beschützt und rettet; der zwar nie etwas Böses tut, vor dem man sich aber trotzdem zu fürchten hat, weil er nicht zahm ist und fürchterlich brüllen kann.

Ich weiß nicht mehr, ob der Zeichentrickfilm, den ich damals sah, Qualität hatte. Ich kann mich auch nicht mehr daran erinnern, ob ich die Handlung der Geschichte überhaupt verstand, aber sicher ist, dass ich in einer bis dahin ungekannten Weise tief berührt war von dieser geheimnisvollen Welt.

Doch wie es schien, blieb Narnia ohne weitere Bedeutung für mich. Ich las weder jemals die Bücher – ich wusste nicht einmal, dass es sie gab –, noch dachte ich weiter über die Geschichte nach.

Nur ein Bild blieb mir tief im Unterbewusstsein haften: der Frühling, der machtvoll und radikal den Winter besiegte. Dieses Bild erwachte in mir erst lange Zeit später. Gerade dann, als ich es wirklich brauchte.

Ganz langsam wurde mir klar, dass ich damals – wie Lucy – völlig unerwartet für einen kurzen Moment in die *andere Welt* hineingetaucht war.

Die andere Welt. Es gibt eine andere Welt! Das ist der Clou in der Geschichte und das erste Geheimnis, das Narnia erzählt: Es gibt mehr, als wir sehen, und dieses *mehr* ist ganz in unserer Nähe. Es kann überall sein, es kann gerade um die nächste Ecke auf uns warten.

Könnte das tatsächlich sein?

Ist es nicht bemerkenswert, dass gerade Geschichten, die uns in andere Welten entführen, boomen. In unserer modernen Zeit gehören solche phantastischen Erzählungen, obwohl von vielen belächelt und als kindisch abgestempelt, zu den beliebtesten überhaupt.

Tolkiens *Herr der Ringe* wurde zum meistverkauften Buch des 20. Jahrhunderts nach der Bibel, Joanne K. Rowling erreichte mit ihren Romanen über *Harry Potter* Weltruhm und wurde reicher als die Queen von England. Auch C.S. Lewis' *Chroniken von Narnia* wurden weltweit stolze 85 Millionen Mal verkauft, und das zu einer Zeit, in der die Umsatzzahlen nicht so leicht in die Höhe schnellten.

Cineasten und Lesefaule können nun diese Wunderwelten auf der Leinwand genießen, und wen wundert es, dass auch die Filme absolute Kassenschlager sind. Auf allen Seiten des Globus will der Besucherstrom nicht abreißen.

Warum? Sind Millionen von Menschen einfach nur kindisch? Oder stürzen wir uns in die verzauberten Wandschränke, nur um aus der Realität zu fliehen? Sicher: Viele von uns schauen Filme oder lesen Bücher, um einfach mal abzuschalten, einfach mal für kurze Zeit die Realität zu vergessen: dass die Schule megastressig ist, der Lohn monströs zu niedrig, oder dass man trotz aller Diäten und Schönheitsoperationen immer noch nicht aussieht wie Jennifer Lopez.

Aber abschalten und vergessen kann man bei fast jedem Buch und bei fast jedem Film, dazu brauchen wir nicht unbedingt phantastische Welten. Und diese Geschichten, in denen Tiere reden konnten, in denen es Feen, Riesen und Hexen gab, verwunschene Schlösser und gefangene Prinzessinnen, liebten wir doch schon, bevor wir überhaupt lesen konnten, geschweige denn den grauen Alltagsfrust kannten.

Warum? Was macht es für uns so faszinierend, in eine andere, magische Welt einzutauchen, die sich hinter einem *verzauberten Wandschrank* oder einem *Gleis neun dreiviertel* versteckt? Liegt es vielleicht daran, dass wir uns in den tiefsten Gewölben der Seele nach der *anderen Welt* sehnen? Oder daran, dass wir vielleicht sogar *wissen*, dass es eine andere Welt tatsächlich geben muss? Packen uns deshalb diese Geschichten?

Aber nein doch! Es liegt nur daran, dass wir es eine total irre Sache fänden, wenn es so einen Wandschrank gäbe, durch den man, völlig unverhofft, in eine wunderbare Welt gelangen kann. Natürlich *wissen* wir, dass es so etwas nicht gibt! Solche Vorstellungen sind einfach der Stoff, aus dem Märchen gestrickt sind, und die glauben ja nur kleine Kinder. Kinder, die noch an den Weihnachtsmann glauben.

Kinder, die noch an den Weihnachtsmann glauben. Aber genau da beginnt ja unsere unglaubliche Geschichte: mit der kleinen Lucy, die vielleicht gerade noch klein genug ist, um an den besagten Mann im roten Mantel zu glauben!

Diese Lucy entdeckt in dem großen, alten Haus des Professors einen Wandschrank, der sich als Tür zu einer anderen Welt entpuppt. Sie erzählt ihren älteren Geschwistern von diesem sagenhaften Land namens Narnia. Doch die sind – wie wir – alt genug, um nicht mehr an Märchen zu glauben, und deshalb schließen sie, ohne lange zu überlegen, dass die kleine Lucy einfach geflunkert hat und mit einer lebendigen Phantasie begabt ist. Dass es eine andere Welt wie Narnia wirklich gibt, kommt überhaupt nicht in Betracht. So etwas zu glauben, wäre ja totaler Unsinn!

Problematisch wird es erst, als sich Lucy hartnäckig weigert zuzugeben, dass sie alles nur erfunden hat, und sie untröstlich, ja, schon fast todunglücklich wird, weil ihr niemand die Geschichte glauben will. Sie, die sonst ein von Grund auf ehrliches und fröhliches Mädchen ist.

Lucys Geschwister, Peter und Suse, sind einfach ratlos[1]: Natürlich gibt es keine Welt hinter dem Wandschrank! Doch warum benimmt sich Lucy denn nur so? Das passt gar nicht zu ihr! Erstens war sie noch nie eine Lügnerin, und tagelang herumschmollen war auch noch nie ihr Ding. – Darum fürchten die beiden, dass es mit Lucys verrückter Welt doch etwas Ernsteres auf sich hat. Nicht, dass es diese andere Welt geben könnte, aber vielleicht war Lucy ja übergeschnappt oder so etwas in der Art.

Als kluge Kinder gehen Peter und Suse kein unnötiges Risiko ein, sondern beschließen etwas sehr Vernünftiges: Sie fragen den alten Herrn Professor um Rat in dieser Sache.

So weit, so gut. Wir geben zu, dass die Idee von einer anderen, unsichtbaren Welt um uns herum faszinierend wäre, aber als vernünftige, aufgeklärte, moderne Menschen glauben wir nicht mehr an solche phantastischen Geschichten.

Doch nun geschieht etwas sehr Beunruhigendes: Der alte, vernünftige Mann, der zudem noch ein Professor (!) ist, hält Lucys Geschichte von der anderen Welt für durchaus möglich und glaubwürdig!

Er sagt: Nein, das ist nicht einfach nur Kinderkram oder ein Märchen oder Wunschdenken. Er behauptet sogar steif und fest, dass es logisch wäre, Lucys Geschichte Glauben zu schenken, und fragt dann noch vorwurfsvoll, was denn die Kinder heute in der Schule lernen würden!

Wenn wir nun bedenken, dass C.S. Lewis (1898-1963), der Schöpfer von *Narnia*, selbst ein anerkannter Professor war[2] und dazu noch der meistgelesene und einflussreichste christliche Philosoph des 20. Jahrhunderts, dann wird uns klar, dass es Lewis selbst ist, der den Leser fragt: Warum sollte es eine andere Welt wie Narnia nicht geben? Ja, haben wir denn in der Schule keine Logik gelernt?

Das fordert heraus, umso mehr, wenn man C.S. Lewis kennt. Sein Name ist leider in der deutschsprachigen Welt vielen kein Begriff mehr, doch C.S. Lewis ist kein »Irgendwer«. Sein Schaffen war so außergewöhnlich und tiefgründig, dass ihm in dem biographischen Film *Shadowlands* mit Anthony Hopkins in der Hauptrolle ein Denkmal gesetzt wurde. Seine Bücher fanden großen Absatz, lange bevor seinem Freund J.R.R. Tolkien mit dem Werk *Der Herr der Ringe* der große Durchbruch gelang.

Wie kommt also der vernünftige und allseits anerkannte Professor Lewis dazu, uns weismachen zu wollen, dass es die logischste Sache der Welt ist, an eine *andere Welt* zu glauben?

Für C.S. Lewis war die Frage nach der anderen Welt keine Nebensache. Als Kind glaubte er fest an sie. Er glaubte an einen Gott *im Himmel*, zu dem er verzweifelt (und vergeblich) um die Heilung seiner krebskranken Mutter betete.

Auch als Heranwachsender versuchte er immer noch, die Welt des Ewigen und Unsichtbaren zu finden. Er diskutierte mit seinen Mitschülern darüber, spürte in kirchlichen Ritualen eine fromme Ehrfurcht, und wenn er betete, wollte er jedes Gebet so aufrichtig und ernst sprechen, wie es Gottes würdig wäre. Dabei war er in seiner Aufrichtigkeit so gewissenhaft, dass er sich oft bis in die tiefe Nacht mit dieser frommen Übung quälte, weil er sich nie sicher war, ob das Gebet nun auch wirklich ernst genug gewesen war.

Als Lewis dann aber älter wurde und weiter darüber nachdachte, änderte er seine Meinung. Als Erstes reifte in ihm der Gedanke, dass es ziemlich absurd wäre zu glauben, dass alle Religionen barer Unsinn seien, außer zufällig derjenigen, der man als Engländer halt gerade selbst angehörte, also dem Christentum. Dann schien es ihm auch – je länger, je mehr – unvernünftig, an einen *guten Gott* zu glauben, wenn die Welt doch in Wahrheit ein Schauplatz von Ungerechtigkeit, Elend und Kriegen ist. Er hielt es mit Lukrez, der sagte:

> *»Von Gott erschaffen scheint uns nicht die Welt,*
> *sonst wär' es nicht so schlecht um sie bestellt.«*

Und dann waren ja da auch noch die Naturwissenschaftler, die es nun »beweisen« konnten, dass es weder Geist noch Gott, noch andere Welten gab. Man schwor zu Lewis' Zeiten – wie es einige heute immer noch tun – auf den materialistischen Rationalismus. Man glaubte, es gäbe in diesem Universum nichts außer der sichtbaren und messbaren Materie. Alles war nur Physik und Chemie. Für eine wunderbare Welt wie Narnia gab es keinen Platz.

So dachte und argumentierte Lewis als junger Intellektueller. Er hatte jede Menge »Beweise« dafür, dass es nur das gibt, was wir sehen können – keine andere Dimension, keinen Himmel und keine Hölle oder irgendetwas in dieser Richtung.

Doch nun, als alter Professor, kann er sich nur kopfschüttelnd wundern, warum es uns so unmöglich scheint, an eine solche Welt zu glauben.

Zum Nachdenken:

- Was sollen wir von unseren Wünschen nach einer anderen Welt halten?
- Ist es vernünftig, eine solche Möglichkeit zu leugnen, oder ist es geradezu zwingende Logik, an die Realität einer anderen Welt zu glauben?
- Was ist mit Menschen wie Lucy, die behaupten, eine solche Welt erlebt zu haben?

- Kann es sein, dass es doch ein »unsichtbares Wunderland« gibt, das darauf wartet, von uns entdeckt zu werden?

2 Lucys Erlebnis und die Logik des Professors

»Warum soll die Geschichte eurer Schwester nicht wahr sein?«

»Ja aber glauben Sie denn wirklich, Herr Professor«, fragte Peter, »andere Welten sind überall zu finden, und einfach nur so um die Ecke herum?«

»Nichts ist wahrscheinlicher«, antwortete der Professor.

Der König von Narnia, S. 40 u. 43

Warum sollten wir glauben, dass es in unserem Leben noch eine andere Dimension gibt als diejenige, die mit unseren fünf Sinnen zu greifen ist?

Zum einen deshalb, *weil alle Menschen auf irgendeine Art erfahren, dass es so etwas gibt,* denn manchmal weht der Wind aus der *anderen Welt* völlig unverhofft zu uns herüber. Gerade das brachte den Atheisten Lewis dahin, an seinem Materialismus zu zweifeln.

Seine Erfahrung mit der anderen Welt sah folgendermaßen aus: Manchmal, wenn er auf eine ferne Hügelkette sah oder ein Gedicht aus einem Epos nordischer Mythologie las, packte ihn eine Sehnsucht, die alles übertraf, was er kannte. Dieses Gefühl war so überwältigend und wunderbar, dass er natürlich versuchte, es wieder zu erleben, oder besser noch, seinem Geheimnis auf den Grund zu gehen.

Er wanderte also, als er groß genug war, zu der fernen Hügelkette, die in ihm diese Sehnsucht wachgerufen hatte, und kaufte sich, als er Geld genug hatte, alles, was er über nordische Mythologie kriegen konnte. Aber es ging ihm wie uns allen, wenn wir versuchen, unsere Sehnsucht zu fangen: Er wurde enttäuscht. Als er die Hügelkette erreicht hatte, sah er, dass dort gar nichts Besonderes war; und als er durch Bücher und Musik tief in den nordischen Götterhimmel eingedrungen war, musste er feststellen, dass dieses geniale Gefühl, diese tiefe Sehnsucht immer mehr verblasste.

Und so merkte Lewis irgendwann, dass der tiefste Grund seiner Sehnsucht weder in der fernen Hügelkette noch in dem nordischen Mythos liegen konnte. Aber wenn nicht dort, wo dann?

Psychologen wollen uns weismachen, es handele sich bei dieser *unendlichen Sehnsucht* nur um ein erotisches Verlangen, der simple Geschlechtstrieb stände hinter dem ganzen Spuk, der uns alle in der einen oder anderen Form einmal überfällt.

Doch Lewis erlebte auch in dieser Sache wie wir alle: Selbst wenn er seine erotischen Wünsche befriedigte, *blieb* das unendliche Sehnen. Manchmal erwachte es von neuem, und dann wusste er, dass er es noch nicht erreicht hatte.

Kennen wir das nicht auch? Vielleicht träumen wir von ganz anderen Dingen als C.S. Lewis. Aber ganz gleich wovon wir träumen: Dahinter verbirgt sich eine tiefe Sehnsucht, die wir mit Worten gar nicht richtig erklären können. Doch wenn es uns dann tatsächlich gelingt, unsere Träume zu erfüllen – wenn wir tatsächlich den Achttausender besteigen, die große Liebe finden, Direktor oder Millionär werden oder im weißen Sand der Malediven liegen –, dann merken wir, dass wir trotzdem nicht am letzten Ziel sind, sondern uns nach etwas noch Größerem sehnen.

Das ist eine urtypische menschliche Erfahrung, die auch die irische Rockgruppe U2 in ihrem Gospel-Hit »I still haven't found what I'm looking for« beschreibt. Uns zieht eine Sehnsucht, aber es ist wie verhext: In dieser Welt lässt sie sich nie vollends stillen.

Darum kam Lewis zu dem Schluss, dass diese Sehnsucht ein Zeichen von einer anderen Welt sein muss. Sozusagen ein Wind oder ein süßer Duft, der von dort in unsere Welt hinüberweht. Er berührt Dinge, die wir kennen, und deshalb denken wir anfänglich, dass in diesen Dingen der Urgrund unserer Sehnsucht liegt. Doch mit der Zeit wird klar: Es zieht uns über unsere Welt hinaus.

Ist das jetzt einfach eine menschliche Marotte, sozusagen ein Fehler im Programm, oder ist das tatsächlich der Ruf der anderen Welt?

In unserer Geschichte scheint es ein wenig einfacher zu sein, darauf eine Antwort zu finden. Denn dort hat Lucy nicht nur gespürt, dass hinter dem Wandschrank etwas sein muss, nein, sie war tatsächlich dort und hatte sogar einen ziegenbeinigen Faun kennen gelernt, der sie zum Tee in seine Höhle einlud!

Ich meine, es stimmt schon, dass wir manchmal Signale aus dem Jenseits spüren – vielleicht, wenn es uns bei einer klaren Sternennacht durchfährt, dass es *mehr* geben und alles einen *tieferen Sinn* haben muss. Aber sind solche Momente schon der Beweis für eine andere Welt? Das könnte ja einfach ein chemischer, »wissenschaftlich nachweisbarer« Spuk sein. In *Der König von Narnia* ist diese andere Welt viel greifbarer, da gibt es einen handfesten Beweis für sie: Lucy.

Nun, vielleicht ist es uns einfach noch nicht aufgefallen, aber in unserem Leben ist es genauso. Außer dem unendlichen Sehnen, das uns eine höhere Welt erahnen lässt, gibt es in unserer Welt ebenfalls Menschen, die wie Lucy steif und fest behaupten: Ich bin dort gewesen, ich weiß, dass es dieses himmlische Reich gibt.

Darum geht es uns wie Peter und Suse, wir müssen uns fragen: Ist das wahr, oder will uns jemand einen Bären aufbinden, oder sind die, die solches behaupten, schlicht und einfach übergeschnappt?

Der Professor meint, es sei *logisch*, Lucy Glauben zu schenken. Sein Argument ist folgendes: Wenn ihre Geschichte nicht stimmt, gibt es nur zwei Möglichkeiten: Entweder ist Lucy eine Lügnerin, oder sie ist verrückt.

Aber die kleine Lucy war bis jetzt immer absolut ehrlich, sie hatte nie gelogen. Warum sollte sie das nun auf einmal tun? Wenn es aber Narnia nicht gibt, dann hat Lucy gelogen. Doch »einen Menschen der Lüge zu bezichtigen, der bisher immer die Wahrheit gesagt hat, ist eine sehr ernste Sache«[3], mahnt der Professor.

Wenn Lucy nicht gelogen hat, gibt es Narnia tatsächlich. So einfach ist das. Es sei denn, sie wäre plötzlich verrückt geworden. Gerade das befürchten Peter und Suse. Doch der Professor antwortet ihnen gelassen: »Verrückt geworden? Macht euch keine Sorgen, man braucht Lucy nur anzusehen oder mit ihr zu sprechen und merkt sofort, dass sie es nicht ist.«[4]

Wenn wir das bedenken, verstehen wir die unglaubliche Ansicht des Professors, der die Geschichte von Narnia für wahrscheinlich hält. Wenn die Kronzeugin von Narnia bekannt ist für ihre Ehrlichkeit und nichts in ihrem Verhalten darauf schließen lässt, dass sie den Verstand verloren hat, ist es die logischste Schlussfolgerung, ihren Schilderungen zu glauben.

In unserer Weltgeschichte haben wir ebenfalls einen Kronzeugen für die andere Welt. Keinen »Irgendwer«, sondern den bekanntesten Menschen, der jemals gelebt hat! Er wurde zum Mann des Jahrtausends gewählt, und nach ihm wird sogar die Geschichte der ganzen Menschheit eingeteilt! Alte Ära, neue Ära; vor unserer Zeitrechnung, nach unserer Zeitrechnung – wie man es auch immer nennen mag: Der Mann, der den Unterschied macht, heißt Jesus von Nazareth.

Was immer man auch von ihm hält: Er ist von allen Menschen, die je gelebt haben, der bekannteste und einflussreichste. Und ausgerechnet er behauptet, wie Lucy, dass es eine andere Welt gibt! Nicht eine Welt, für die man lichtgeschwinde Raumschiffe braucht, um zu ihr zu gelangen, sondern eine Welt, die man wie Narnia *gerade um jede Ecke herum erreichen* kann.

Das machte er klar, als ihn einmal die Leute fragten, wo denn nun das »Reich Gottes« sei. Jesus antwortete ihnen: *»Das Reich Gottes kann man nicht sehen, wie man ein irdisches Reich sieht. Niemand wird euch sagen können: ›Hier ist es!‹ oder ›Dort ist es!‹ Das Reich Gottes ist schon jetzt da – mitten unter euch.«*[5]

Für Jesus war die andere Welt die ultimative Realität und die megageniale Nachricht überhaupt, noch viel genialer, als die Welt hinter dem magischen Wandschrank für die Kinder es war. Deshalb erzählte er den Leuten in allen Dörfern und Städten, dass sie umdenken und ihr Leben ändern sollen, weil *»das Reich Gottes nun nahe herbeigekommen«* sei.[6]

Wer jetzt denkt, Jesus hätte einfach von einem moralischen Reich gesprochen, das eine menschliche Idee verkörpert, zum Beispiel vom *Reich der Liebe* oder vom *Reich der Gerechtigkeit,* täuscht sich. Jesus meinte wortwörtlich eine andere Welt, eine andere Dimension. *»Mein Reich ist nicht von dieser Welt«*[7], sagte er, oder: *»Denn im Hause meines Vaters gibt es viele Wohnungen. Wenn es nicht so wäre, hätte ich euch nicht gesagt: Ich gehe hin, um dort alles für euch vorzubereiten.«*[8]

Wie Lucy behauptet Jesus also, dass diese andere Welt ein realer Ort ist und er mit Sicherheit weiß, dass es sie gibt, weil er selbst von dort gekommen ist. – *»Christus kommt vom Himmel und kann bezeugen, was er dort gesehen und gehört hat. Trotzdem glaubt ihm keiner!«*[9]

Natürlich fanden das die Leute damals so verrückt, wie wir es auch finden würden, wenn heute jemand so etwas Unglaubliches behaupten würde. – *»Was?«*, riefen sie empört. *»Das ist doch Jesus, Josefs Sohn. Wir kennen schließlich seine Eltern. Wie kann er behaupten: ›Ich bin vom Himmel gekommen!‹«*[10]

Ehrlich gesagt, können wir die Leute gut verstehen. So etwas gibt es doch einfach nicht! »Vom Himmel gekommen« – das kann ja jeder sagen! Nichts gegen Jesus, aber das geht uns nun doch ein wenig zu weit. Da möchten wir gerne mit Peter rufen: »Aber, Herr Professor, das kann doch nicht wahr sein!«

Aber was antwortete dieser? »Und warum nicht? … Warum soll die Geschichte eurer Schwester nicht wahr sein? … Das muss sorgfältig überlegt werden.«[11]

Natürlich muss nicht unbedingt jede unglaubliche Geschichte sorgfältig überlegt werden. Scharlatane und verrückte Phantasten, die mit den unwahrscheinlichsten Theorien hausieren gehen, haben wir mehr als genug. Nein, wir hätten keine Zeit, all diese Storys sorgfältig zu prüfen. Da gibt es wirklich Wichtigeres zu tun.

Doch Lucy hat uns gezeigt, dass man über eine unglaubliche Geschichte ernsthaft nachdenken muss, wenn sie von einer Person erzählt wird, die absolut glaubwürdig ist. Denn es gibt ja nur die drei Möglichkeiten: Entweder ist die Sache wahr, oder der Erzähler ist ein Lügner oder ein Verrückter. Der Professor wollte Lucy nicht vorschnell verurteilen. Wie viel weniger sollten wir das beim größten Menschen aller Zeiten tun!

Ist Jesus ein Lügner? Wenn es keine andere Welt gibt, kann er unmöglich dort gewesen sein. Aber genau das behauptete er hartnäckig, und er war nicht bereit, diese Behauptungen wieder zurückzunehmen.

Nun, es wäre möglich, dass Jesus ein Lügner ist. Lügner gibt es viele. Aber ist es vernünftig zu glauben, dass ausgerechnet Jesus Christus ein Lügner ist?

Jesus hat den Menschen gezeigt, was Nächstenliebe wirklich ist. Seine Bergpredigt[12] gehört heute noch zur höchsten Ethik, die man finden kann. Und Jesus hat diese Ethik nicht nur gelehrt, er hat sie selbst gelebt! Sein Leben stand ganz und gar im Dienst an den anderen, an den Armen und Schwachen; aber auch Reiche und Mächtige hat er nicht verachtet. Wann immer er konnte, half er auch ihnen. Unzählige Frauen und Männer, die unsere Welt humaner und gerechter gemacht haben, wurden von seinem Vorbild inspiriert!

Auch baute sich Jesus zeit seines Lebens weder politische Macht auf, noch hat er sich bereichert. Im Gegenteil: Seine Geschichte von der anderen Welt brachte ihm fast nur Nachteile ein. Ist es da logisch zu glauben, dass ausgerechnet ER ein Mensch ist, der uns faustdicke Lügen auftischt?

Wenn Jesus aber kein Lügner ist, dann muss das, was er über die jenseitige Welt sagte, wahr sein. Eine andere Möglichkeit gibt es nicht, es sei denn, er wäre verrückt gewesen, er wäre vom vielen Meditieren in der Wüste übergeschnappt. Das kann ja vorkommen.

Verrückt. Genau das war damals auch die Meinung der meisten, die Jesus nicht glaubten. Selbst seinen Kritikern war er viel zu ehrlich und zu selbstlos, als dass man ihn für einen gewieften Betrüger oder charismatischen Scharlatan hätte halten können. Darum urteilten sie: *»Er ist von einem bösen Geist besessen! Er ist wahnsinnig! Weshalb geben wir uns überhaupt noch mit ihm ab?«*[13]

Aber auch bei dieser zweiten Lösung macht uns die Logik einen Strich durch die Rechnung. Jesu Nachfolger hielten den Kritikern entgegen: *»So spricht doch kein Besessener! Kann denn ein böser Geist einen Blinden heilen?«*[14]

Es ist absurd anzunehmen, dass ein Mensch, der höchste Moral und Ethik lehrte und lebte, der Tausende dazu inspirierte, unsere Welt zu einem humaneren Ort zu machen, wahnsinnig war. Denn ein Wahnsinniger redet nicht so!

Jesu Weisheit hat das Leben ganzer Völker grundlegend zum Guten verändert. Seine Geschichte vom

»Barmherzigen Samariter«[15] hat unser Denken und Handeln gegenüber Kranken und Verletzten geprägt. Seine Nachfolger lehrte er Prinzipien der Vergebung[16], die Psychologen erst in der jüngsten Neuzeit als lebenswichtig für die seelische Gesundheit entdeckten. So redet kein Verrückter. Das ist einfach unmöglich!

Dazu konnte Jesus noch auf etwas anderes verweisen: *»Kann denn ein böser Geist einen Blinden heilen?«*

Jesus redete nicht nur von der anderen Welt. Wann immer er die Botschaft vom Reich Gottes predigte, bewies er die Realität dieser übernatürlichen Dimension mit mächtigen Taten. *»Jesus verkündete überall die Heilsbotschaft vom Reich Gottes. Er heilte alle Arten von Krankheiten und Leiden. Bald wurde überall von ihm gesprochen, selbst in Syrien. Man brachte viele Kranke zu ihm, die unter großen Schmerzen litten: Besessene, Belastete und körperlich Behinderte. Und er heilte sie alle.«*[17]

Jesus sagte denen, die ihm nicht glauben wollten: *»Und wenn ihr schon meinen Worten nicht glaubt, dann glaubt doch meinen Taten.«*[18]

Stimmt! Jeder kann von sich behaupten, er komme vom Himmel und könne andere mit Gott in Verbindung bringen. Aber Jesus bewies mit seinem Leben, dass es in seinem Fall das Vernünftigste der Welt ist, ihm zu glauben. Er tat Dinge, die kein anderer Sterblicher jemals getan hat.

»Logik«, murmelte der Professor, so halb zu sich selbst. »Warum lernen sie auf der Schule keine Logik.«

Lüge, Wahnsinn oder die Wahrheit – eine andere Möglichkeit gibt es nicht. Das ist die Logik des Professors.

Zum Nachdenken:

- Es gibt einen gewichtigen Zeugen dafür, dass die andere Welt existiert – Jesus Christus.
- Gibt es irgendeinen logischen Grund, warum wir ihm nicht glauben sollten?

3 Narnia – der Spiegel für die übernatürliche Welt

Es ist viel einfacher einen Film zu machen, der alle Generationen ansprechen soll, wenn das Grundmaterial Themen behandelt wie Wahrheit, Treue und Glaube an etwas, was größer ist als man selbst.

Andrew Adamson,
Regisseur von »Der König von Narnia«

Ohne Zweifel: Phantastische Geschichten sind eine Frage des Geschmacks. Man muss sie nicht mögen. Doch häufig begegnet man dem Vorwand, dass Fantasy einfach nicht realistisch genug sei. Sicher kann man vieles, was unter diesem Namen geboten wird, nicht ernst nehmen. Aber es ist falsch zu denken, dass alle phantastischen Geschichten ohne Niveau sind.

Ein gutes Märchen wird uns immer etwas aus der Realität erzählen. Es ist oft um ein Vielfaches realistischer als ein kitschiger Action-Film oder ein billiger Liebesroman.

Denken wir an Pinocchio, der in das *Spielland* will, in dem jeden Tag Sonntag ist und man nie arbeiten muss, sondern sich pausenlos vergnügen kann. In Pinocchios Märchenwelt gibt es so ein Traumland tatsächlich. Doch wer in dieses Land geht, wird schon bald in ein Tier verwandelt, und dann ist plötzlich Schluss mit lustig, dann muss man nach der Peitsche des grausamen Zirkusdirektors tanzen.

Ist das jetzt unrealistisch, einfach nur dummes Zeug?

Oder ist es vielmehr die farbige Illustration einer falschen Lebenseinstellung und ihrer tragischen Folgen?

Bei genauem Hinsehen merken wir, dass die Welt hinter dem Wandschrank nur vermeintlich wirklichkeitsfremd ist. In großartigen Farben spiegelt sie die Realitäten des Lebens wider. Gute und Böse finden wir in ihr, Hoffnungen und Ängste, Liebe und Hass, Kämpfe, Niederlagen und Siege. »Durch Fantasy hält uns C.S. Lewis einen Spiegel der Lektionen der wirklichen Welt vor.«

In *Der König von Narnia* wird Peter zum Ritter geschlagen. Das ist phantastisch – doch geht es im Leben nicht genau darum, dass ein Junge zu einem Ritter werden muss? Natürlich müssen wir nicht gegen blutrünstige Wölfe kämpfen, doch Peter beweist gerade im normalen Alltag, dass er das Herz eines Ritters hat. Nie zeigt er sich herablassend gegen seine zwei kleineren Schwestern, immer bringt er ihnen den nötigen Respekt entgegen, ermutigt sie. Und wenn es sein muss, übernimmt er die Verantwortung und beschützt sie. Das ist reales Alltags-Heldentum, leider oft verkannt und unbelohnt. Doch Narnia zeigt, dass solcher Heldenmut entscheidend ist, wenn die Welt, in der wir leben, ein lebenswerter Ort werden soll.

Im Gegensatz dazu steht Edmund. Am Anfang der Geschichte hat er alles andere als das Herz eines Ritters. Er ist gemein, hackt auf den Schwächeren herum, lügt und betrügt und denkt die ganze Zeit nur an sich. Und siehe da: Anstatt gegen die bösen Wölfe zu kämpfen, steht er schon fast in ihren Diensten.

Doch Edmund wandelt sich im Lauf der Geschichte, und am Ende wird auch er zum Ritter geschlagen, und das hat er verdient. Auch diese Lektion ist für das Leben ungemein wertvoll. Es ist möglich, sich zu verändern, es ist nicht nur möglich, sondern auch bitter nötig; auf jeden Fall ist es erstrebenswert.

So wollen uns *Die Chroniken von Narnia* die wahre Dimension unseres Lebens zeigen. Die Kämpfe des Alltags erscheinen meist unspektakulär, aber sie sind es nicht. In Wahrheit spielt hier der große Kampf zwischen Gut und Böse, der das Universum erschüttert.

Doch in den *Chroniken von Narnia* geht C.S. Lewis noch einen Schritt weiter: In Narnia geht es nicht nur um allgemein gültige Lebensweisheiten. Seit Lewis zurück zum Glauben an Gott fand, war für ihn die wirkliche Welt untrennbar mit dem unsichtbaren *Reich Gottes* verbunden, und darum will Narnia dem Leser auch die geistliche Ebene des Lebens verständlich machen.

Wenn Andrew Adamson (der Regisseur von *Der König von Narnia*) sagt, dass es in dieser Geschichte um Wahrheit, Treue und *den Glauben an etwas, was größer ist als man selbst,* geht, dann hat er diese Dimension erfasst.

Es geht nicht nur darum, dass die Kinder lernen, moralisch richtige Entscheidungen zu treffen, mutig zu sein und gegen das Böse zu kämpfen. Es geht auch um *die Wahrheit* und um *den Glauben*. Nicht um den Glauben an sich selbst, sondern um den Glauben an jemand anderen, der größer ist als man selbst – um den Glauben an Aslan, den wahren König von Narnia.

Alle Guten in Narnia glauben an ihn: *Das Krumme wird gerad, sobald Aslan naht!* – An dieser Prophezeiung halten sie fest, die Narnianer. Sie gibt ihnen

Kraft, weiterzugehen und richtige Entscheidungen zu treffen. Herr und Frau Biber lehren die Kinder, an den Löwen zu glauben und mutig zu handeln, weil er bald kommt.

Wahrheit, Treue und Glauben: Ist es Zufall, dass genau diese drei Themen auch bei Jesus im Mittelpunkt standen, wenn er von dem geheimnisvollen *Reich Gottes* sprach?

Keineswegs! Narnia erzählt die Geschichte des Reiches Gottes im Spiegel von Fantasy. Es geht nicht einfach um ein bisschen Mystik, sondern um die Wahrheit der geistlichen Welt – erzählt in lebendigen Bildern.

Was ist die Wahrheit der geistlichen Welt? Heute erleben wir einen ungeahnten Boom beim Übersinnlichen. Gut hundert Jahre lang wurde in den Lehrsälen gepredigt, dass es nichts gibt außer Urknall und Chemie. Doch die Lücken in diesem System werden immer deutlicher, und man streckt sich wieder aus nach der geistlichen Welt.

Man sucht in allen Himmelsrichtungen und in jeder Religion. So vieles kann man hören und sehen – und so vieles, was man hört und sieht, widerspricht sich gegenseitig. Was soll man jetzt glauben?

In vielen Religionen muss man das geistliche Reich in langwierigen Meditationen suchen, nach Narnia hingegen stolpert man unverhofft hinein und muss durch moralische Entscheidungen wählen, auf welcher Seite man am Ende stehen wird.

Es gibt Religionen und Philosophien, in denen die Wichtigkeit von magischen Ritualen oder geheimem Wissen oder alten Traditionen betont wird, doch in Narnia spielt das alles keine Rolle, um zu siegen.

Gut, dass gerade jetzt *Die Chroniken von Narnia* in die Kinos kommen. Denn sie können uns ein guter Wegweiser sein. Ein Wegweiser zu dem Glauben, den wir gar nicht mehr wirklich kennen – dem christlichen Glauben.

Christentum – Reich Gottes. Vielleicht geht es uns dabei wie vielen, die nur Bahnhof verstehen, wenn sie solche Phrasen hören. Vielleicht denken wir dabei an weltfremde Nonnen oder an bärtige Fundamentalisten oder an harte Kirchenbänke oder an altmodische Musik oder einfach an absolute Langeweile.

Erstaunlich ist, dass C.S. Lewis einmal ganz ähnlich dachte. Zuerst wollte er ja überhaupt nicht an eine höhere Welt glauben. Als er dann aber merkte, dass es doch eine geben musste, war für ihn klar, dass diese höhere Welt keinesfalls die christliche sein durfte. Das Christentum hatte für ihn etwas furchtbar Unangenehmes an sich. Es erschien ihm streng, kalt und langweilig. Darum suchte Lewis den tieferen Sinn und die höhere Kraft überall sonst, nur nicht in dem Reich Gottes, von dem Jesus redete.

Doch nach langen Umwegen fand er endlich wieder zurück zum alten Glauben und musste erleben, dass er sich gewaltig getäuscht hatte. Das Reich Gottes ist mindestens so farbig und abenteuerlich wie Narnia. So schrieb er die Geschichte, um uns zu zeigen, wie die Welt, von der Jesus geredet hat, wirklich ist.

Falls dir also *Der König von Narnia* schon gefällt, müsstest du vom Reich Gottes geradezu begeistert sein!

Zum Nachdenken:

- Wahrheit, Treue und Glauben an jemanden, der größer ist als ich selbst – warum ist das wichtig im Leben und woran soll man glauben?
- Ist es möglich, dass ich bis jetzt vom Reich Gottes ein falsches Bild hatte?
- Könnte es sein, dass dort die Abenteuer auf mich warten, von denen ich immer geträumt habe?

4 Immer Winter und nie Weihnachten

Sie hat ganz Narnia unter ihrer Fuchtel. Sie macht immerzu Winter. Immerzu Winter und niemals Weihnachten! Stellen Sie sich das einmal vor!

Herr Tumnus zu Lucy, Der König von Narnia, S. 19

Nun gut, wir wagen es also. Wir steigen jetzt selbst durch den magischen Wandschrank, um zu sehen, was die unsichtbare Welt uns zu erzählen hat.

Was sind die ersten Lektionen, die wir lernen müssen?

Als Lucy zum ersten Mal nach Narnia gelangt, trifft sie auf Herrn Tumnus, einen ziegenbeinigen Faun. Dieser lädt sie zum Tee in seiner Höhle ein. Dort gesteht er ihr die schreckliche Wahrheit über Narnia: Das Land liegt unter der Herrschaft und dem Fluch der bösen Weißen Hexe. Er selbst ist einer ihrer Diener und steht in ihrem Sold. Sie hat ein Zepter, mit dem sie alle Geschöpfe versteinern kann, und sie macht, dass ein nie aufhörender Winter in Narnia herrscht. Immer Winter und niemals Weihnachten.

Das ist die erste Lektion. Eine tödliche Macht beherrscht unsere gute Welt.

Hast du schon einmal darüber nachgedacht? Unsere Wälder sind schön und die Geschöpfe in ihnen bezaubernd und wunderbar, aber es gibt eine zerstörerische Macht, die alles durchdringt. So ist es in Narnia, so ist es auch bei uns. Lewis schlägt die Brücke zwischen den zwei Welten, indem er die Geschichte in London während der Luftangriffe im Zweiten

Weltkrieg anfangen lässt. Bomben hageln, Menschen sterben – das ist die Realität, in der wir leben.

Zugegeben, wir Mitteleuropäer haben das Glück, schon seit sechs Jahrzehnten von Krieg verschont zu sein; ein Glück, das wahrscheinlich recht wenige andere Menschen mit uns teilen können, die je auf diesem Globus weilten, so außergewöhnlich ist das. Doch die Welt stöhnt nach wie vor unter dem Grauen unzähliger Kriege, und selbst wir, die wir in dem goldenen Zeitalter des lokalen Friedens leben, haben Bekanntschaft gemacht mit der alles durchdringenden Macht des Bösen: Es gibt Mord, Diebstahl, schmutzige Geschäfte, Menschenhandel, Kindesmissbrauch, Drogenelend, Familientragödien, verletzende Worte, kleine Gemeinheiten und andere Übel ohne Zahl. Nicht umsonst schließen wir alle unsere Wohnungstüren ab. Überall in der Welt herrscht das Böse mit Übermacht. Mit dieser Realität sind wir konfrontiert.

Woher kommt es, dass eine so schöne Welt wie unser blauer Planet, der wie eine Perle im Universum leuchtet, unter der »Fuchtel« des Bösen seufzt? Kaum jemand weiß eine befriedigende Antwort auf diese Frage.

Manche meinen, es liege am *Geld* oder gar an der *Zivilisation,* doch das ist eine Illusion – eine idealistische Vorstellung ohne Hand und Fuß. Treffend äußerte sich ein Gerichtsgutachter neulich in der Tageszeitung dazu: »Es ist ein weit verbreiteter Irrtum, dass es bei den so genannten Naturvölkern friedlicher zugehe: Meines Wissens stirbt bei Eingeborenen auf Neuguinea jeder dritte Mann durch die Hand eines anderen; auch sollen Kalahari-Buschleute gleich hohe Tötungsraten haben wie die gewalttätigsten US-Großstadt-Gettos.«

Ein realistischer Blick in die Geschichte zeigt, dass Zivilisation und Wohlstand das Problem des Bösen eher gemildert haben, doch ebenso deutlich wird, dass sie es nicht wirklich lösen konnten.

Andere haben allem Idealismus abgeschworen. Sie betrachten nüchtern die »Fakten« und sagen: Das Böse gibt es gar nicht. Es gibt nur das Gesetz der Natur. Fressen und gefressen werden. Die Starken überleben, so ist das halt auf Mutter Erde.

Es wäre schlimm, wenn das die Wahrheit wäre. Es war gerade dieser Glaube, der die Nazis dazu brachte, Millionen von Menschen umzubringen und die Welt ins Chaos zu stürzen.

Es wäre schlimm, wenn es Gut und Böse gar nicht gäbe. Wenn das Böse einfach eine natürliche Notwendigkeit wäre, doch glücklicherweise ist das nicht die Wahrheit!

Lucy erfährt von Herrn Tumnus, dass Narnia einst ganz anders war. Da gab es *große Feste, Mitternachtstänze, Schatzgräbereien, Sommer, grüne Bäume, Jagden nach dem weißen Hirsch, der Wünsche gewährt, und Wochen der Lustbarkeit, in denen das Wasser der Bäche in Wein verwandelt war*[19].

Herr Tumnus sagt, dass die ganze Welt zwar vom Bösen beherrscht werde, dies aber nicht der normale Zustand sei. Der normale Zustand wäre Freude, Frieden und Harmonie, aber weil die Welt von der bösen Hexe besetzt wurde, herrschen nun Angst, Kälte und Tod in ihr.

So sagt es auch die Bibel. In ihr erfahren wir: Unsere Welt war nicht immer eine Welt des Todes. Es gab eine Zeit, da war alles *sehr gut*, da war ungetrübte Freude, Schönheit und Harmonie.[20] Jetzt ächzt die Welt unter Tausenden von Problemen, weil sie von einer bösen Macht besetzt wurde und unter deren Bann steht.

Die Bibel nennt den Herrscher dieser bösen Macht *Satan*. Jesus erklärte, dass »die ganze Welt von Satan beherrscht wird«[21], geradeso wie Narnia von der Weißen Hexe.

Die Hexe macht, dass es immer Winter ist. Was hat das nun zu bedeuten? Der Winter erinnert uns an den Tod. Im Herbst sterben die Blätter langsam ab, und dann wird alles begraben unter der kalten, eisigen Decke des Schnees. Keine Blumen, keine Wärme und nur noch wenig Licht. Auch findet man kaum etwas zu essen; man muss einen Vorrat anlegen.

Winter gleich Tod? Ich bin ein Mensch, der den Winter liebt, denn als Kinder wussten wir die kalte Jahreszeit zu genießen: Eislaufen, Schlittenfahren, Schneeballschlachten, Schifahren und natürlich der Zauber von Weihnachten.

Weihnachten – ja, das gab dieser tristen Jahreszeit ihren besonderen Glanz. Darauf freuten wir uns schon Wochen vorher. Wir lebten in der elektrisierenden Vorfreude auf dieses Fest. Wir bastelten Adventskränze und Adventskalender, backten Weihnachtskekse und waren gespannt auf die vielen Geschenke, die uns erwarteten. Und dann Heiligabend, der Moment, an dem wir mit leuchtenden Augen den bunt geschmückten Tannenbaum (natürlich mit echten Kerzen!) sahen, Lieder sangen, Geschenke auspackten und dann stundenlang, Kekse essend, mit den neuen Spielsachen spielten.

All das ließ jeden Herbst mein Herz höher schlagen, weil ich mich freute auf die wunderbare Winterzeit. Und doch: Je länger es Winter blieb, umso mehr sehnten wir uns nach dem Frühling. Niemals weinten wir Ende Februar dem Schnee nach, sondern Jahr für Jahr freuten wir uns über das erste Grün und die ersten Blumen, die längeren Tage und die wärmeren Temperaturen.

Es wäre furchtbar gewesen, wenn es auch nur ein einziges Jahr lang immer Winter geblieben wäre. Aber ein ganzes Leben lang nur Winter, wie es Herr Tumnus erlebte, und dazu noch ohne Weihnachten, das wäre wirklich der absolute Horror.

Ein Winter ohne das Wissen, dass es auch wieder Frühling wird, würde seine ganze Winterromantik verlieren. Und auch wenn alle über den Kommerz und den Weihnachtsstress jammern: Ein Winter ohne ein Fest des Lichtes und der Liebe, ein Winter ohne eine Sonnenwende – die Garantie für eine Rückkehr des Frühlings – wäre furchtbar.

Nun erfährt Lucy von Herrn Tumnus, dass genau das der gegenwärtige Zustand von Narnia ist! Es herrscht nur der Tod. Alles ist unter dieser eisigen Decke, ohne Hoffnung auf bessere Zeiten. *Immer Winter und nie Weihnachten.*

Genauso wäre unsere Welt auch, gäbe es Weihnachten nicht. Es gäbe dann nur »das Gesetz der Natur«, das Gesetz des Todes.

»Der Acker soll verflucht sein. Dornen und Disteln werden darauf wachsen. Dein Leben lang wirst du hart arbeiten müssen, damit du dich von seinem Ertrag ernähren kannst. Viel Mühe und Schweiß wird es dich kosten. Zuletzt aber wirst du wieder zur Erde zurück-

kehren, von der du genommen bist. Staub von der Erde bist du, und zu Staub musst du wieder werden!«[22]

Dieses Urteil hörte der Mensch an dem Tag, an dem unsere Weiße Hexe, der Teufel, die Macht ergriff. Und ob wir nun an Gott und den Teufel glauben oder nicht: Wir müssen zugeben, dass diese Worte den Nagel auf den Kopf treffen. Das Leben ist ein einziger Kampf gegen zerstörerische Kräfte, den wir letzten Endes todsicher verlieren werden.

So ist es und so war es in allen Jahrtausenden, seit Menschen den Globus bevölkern. Immer Winter und nie Weihnachten.

Aber Narnia hat eine hoffnungsvolle Botschaft für uns. Erstens: Es war nicht immer so. Und zweitens: Es bleibt auch nicht immer so! Der »böse Zauber« wird einmal gebrochen, und der Winter wird dann weichen müssen, und zwar viel schneller, als man es für möglich hält.

Gerade das ist auch die gute Nachricht, die uns Gott in seinem Wort, der Bibel, weitergibt. Es war nicht immer so, und es wird auch nicht immer so bleiben: *»Aber die Zeit der Finsternis und der Hoffnungslosigkeit wird einmal ein Ende haben. … Das Volk, das im Finstern lebt, sieht ein großes Licht; hell strahlt es auf über denen, die ohne Hoffnung sind.«*[23]

Das ist die gute Nachricht! Als die Kinder Narnia entdeckten, war der Frühling schon ganz nah. Genauso wird es uns ergehen, wenn wir das Reich Gottes zu sehen beginnen! Es muss nicht ewig Winter bleiben. Es ist möglich, dass wir – und eines Tages die ganze Welt – von der Diktatur des Bösen befreit und mit schierer Lichtgeschwindigkeit in den Frühling katapultiert werden.

Was das nun mit Weihnachten zu tun hat und welche Rolle wir dabei zu spielen haben, davon mehr in den folgenden Kapiteln.

Zum Nachdenken:

- Eine tödliche böse Macht beherrscht unsere Welt. Warum?
- Wie sähe die Welt aus, wenn es das Böse nicht gäbe?
- Wie wird die zerstörerische Macht des Bösen in meinem Leben sichtbar?
- Gibt es überhaupt Hoffnung, von der Macht des Todes befreit zu werden?

5 Die Weiße Hexe

»Es war ein herrlicher Anblick, wie der Schlitten mit seinem Geläut auf Edmund zuglitt.«

Der König von Narnia, S. 27

Da es nicht zu leugnen ist, dass es das Böse auf dieser Welt gibt, stellt sich die Frage, warum es so viel Macht hat. Und schon sehen wir den Grund dafür auf uns zufahren:

In einem märchenhaften Schlitten, mit scharlachrotem Zaumzeug, gezogen von blendend weißen Rentieren, gleitet sie mit Schellengeläut über den tiefen Schnee. Eine vornehme Dame, groß, mit goldenem Zepter und in weißem Pelz. Sie ist schön, aber stolz; majestätisch, aber streng und kalt. Sie ist die selbst ernannte Königin von Narnia, Jadis, die Weiße Hexe, die Herrin von Eis und Tod.

Die Bibel redet oft vom Teufel und sagt, dass er der Grund für alle bösen und zerstörerischen Kräfte in der Welt ist. Das Heilige Buch warnt uns ernsthaft davor, auf den Teufel zu hören, denn wer auf ihn hört, der wird immer mehr sein Sklave und geht ins Verderben.

Das finden viele lustig und denken: Also das ist ja wirklich unglaublich. An einen Teufel zu glauben – so etwas Kindisches!

So zu denken, ist sehr kurzsichtig. Klar, es gibt naive Vorstellungen vom Teufel: das rote Männchen mit Schwanz, Hörnern und Dreizack. – Aber die Bibel sagt nirgendwo, dass der Teufel so eine Witzfigur ist. Nein, darum geht es nicht.

Wenn es aber keinen Teufel gibt, woher kommt dann all das Böse?

Wenn Gott gut ist *und* – wie uns ständig weisgemacht wird –, auch der Mensch von Grund auf gut ist *und* es auch keinen Teufel gibt, woher dann so viel Gewalt auf dem Globus? Warum ist dann die ganze Menschheitsgeschichte nur eine lange Blutspur? *»Wo sie auftauchen, da entstehen Verwüstung und Elend«*[24], stellte Paulus von Tarsus schon lange vor der globalen Umweltzerstörung fest, und niemand kann etwas anderes tun, als ihm Recht zu geben.

»Von Gott erschaffen scheint uns nicht die Welt,
sonst wär' es nicht so schlecht um sie bestellt.«

Die Gegenwart des Bösen ist so offensichtlich, dass man die Leugnung seiner Existenz als reines Wunschdenken abtun muss. Aber wenn es um die Welt so schlecht bestellt ist, dann muss entweder der Schöpfer dieser Welt schlecht sein, oder es muss eben einen *Widersacher* (das ist die Bedeutung des Wortes *Satan*) geben, der erfolgreich versucht, alles Gute in Chaos zu verwandeln.

Einen Widersacher. Narnia zeigt uns, wie die Welt wirklich ist. In Narnia wird deutlich, dass das Böse nicht einfach nur das »dunkle Prinzip« oder die »negative Seite« ist, welche nötig ist, um das Universum in einem »gesunden Gleichgewicht« zu halten. Solche fernöstliche Philosophien wollen gerne in unseren Köpfen tanzen, aber sie stehen im Widerspruch zur Wahrheit vom Reich Gottes.

Nein, in Narnia ist die Weiße Hexe der *Feind*. Der Feind des Guten, der Feind der Schöpfung, der Feind der Menschen und der Feind von Aslan, dem wahren Herrn der Welt.

Es wäre falsch, ja absolut dumm, wenn man darüber philosophieren würde, dass es eben auch die Weiße Hexe brauche und es bestimmt auch sein Gutes habe, wenn sie das Land mit Eis und Tod überzieht.

Man stelle sich das einmal vor! Die Kinder würden ihren Bruder Edmund von der Hexe abschlachten lassen und dann darüber philosophieren, dass auch die Hexe ihren notwendigen Platz in der Welt habe und es rechtens sei, sie und ihre Absichten zu tolerieren!

Man sollte es nicht meinen, aber in unserer Welt sind es nicht wenige, die so reden und das auch noch unheimlich intelligent finden! Kein Wunder, dass da der Professor kopfschüttelnd vor sich hin murmelte: »Ich frage mich wirklich, was sie ihnen auf den Schulen beibringen.«[25]

Die *Chroniken von Narnia* sind Kinderbücher, doch es sieht so aus, als ob man auch als Erwachsener noch viel von ihnen lernen kann. Es ist beängstigend, wenn man sieht, wie an sich vernünftige Leute der Propaganda auf den Leim gehen, wonach wir das Böse als Teil des großen Ganzen akzeptieren sollen. Manche behaupten sogar, dass auch das Böse göttlich sei. Aber: *»Gott ist Licht. In ihm gibt es keine Spur von Finsternis.«*[26]

Das Böse ist nicht ein Teil von Gottes guter Welt, sondern ein tragischer Einbruch in sie. *Satan* bedeutet »Widersacher«, nicht »die andere Seite«; und *Teufel* bedeutet »Durcheinanderbringer«, und nicht »das ausgleichende Prinzip«.

Die Bibel warnt deshalb davor, uns mit dem Teufel und allem, was mit ihm zu tun hat, einzulassen. Ja, mehr noch: Wir sollen das Böse in unserem Leben »hassen« und »verabscheuen«[27] und es aktiv bekämpfen.[28] Das muss uns absolut klar sein, sonst werden wir unser Leben verspielen.

Das sind vielleicht ungewohnte Gedanken, haben wir doch mit der Muttermilch aufgesaugt, man müsse jedes und alles tolerieren. Doch am Beispiel von Narnia wird es leicht verständlich: Die Hexe ist durch und durch böse: Sie zu tolerieren, würde bedeuten, Unschuldige und Verführte (Edmund) der Folter und dem Tod preiszugeben. Es ist sonnenklar, dass man gegen diese verdorbene Person kämpfen muss, wenn auch nur ein Funken Anständigkeit und Menschenliebe in einem wohnt.

Das lernen wir in Narnia also über den Teufel: Es gibt ihn. Er ist böse. Er ist unser Feind. Wir müssen gegen ihn kämpfen.

Man könnte natürlich lang und breit philosophische Dispute darüber führen, warum es so etwas wie den Teufel überhaupt gibt oder warum der allmächtige Gott es zulässt, dass er so viel Macht hat. Aber die Kinder hatten keine Zeit, endlos über solche Sachen zu reden. Die Weiße Hexe war offensichtlich da, und sie hatte ihren Freund Tumnus gefangen und ihren Bruder Edmund in den Krallen. Nun galt es, sich schlau zu machen, wie man mit ihr fertig werden konnte!

Genau dieses Bewusstsein brauchen wir auch. Wir müssen den Ernst der Lage erkennen. – Es geht um das Leben – um das eigene und um das unserer Freunde!

Mit größter Dringlichkeit müssen wir uns fragen, wie es denn in unserer Welt dem Teufel möglich wird, im Leben eines Menschen zu herrschen, und wie man wieder aus seiner Gewalt befreit werden kann. Das sind die brennenden Fragen, und einmal mehr finden wir in Narnia die Antwort.

Wie war das bei Herrn Tumnus? Warum wurde er von der Hexe gefangen? *Er war einmal bereit dazu gewesen, ihr Diener zu werden.*

Unter Tränen bekannte er Lucy, dass er im Sold der Weißen Hexe stehe, mit dem Auftrag, alle Menschenkinder, die ihm über den Weg laufen würden, einzulullen und ihr gefangen auszuliefern. Wahrscheinlich hatte ihm die Hexe damals erzählt, dass Menschen äußerst widerwärtige Kreaturen seien. Und vielleicht war sich der Faun sowieso nicht sicher, ob es die Menschen überhaupt gab oder ob sie nur ein Mythos waren. Vielleicht war Tumnus deshalb bereit gewesen, sich zu einer solch bösen Sache verpflichten zu lassen. Doch das alles nützte ihm nichts. Er hatte sich in den Dienst der Hexe gestellt, und jetzt, als er Lucy kennen lernte und merkte, wie böse es wäre, so ein unschuldiges Mädchen zur blutrünstigen Hexe zu bringen, musste er erleben, dass es all denen schlecht ergeht, die plötzlich aussteigen wollen.

Und Edmund? Warum war er in ihren Fängen? Auch wieder aus demselben Grund. Weil er sich von der Frau in tödlichem Weiß *verführen ließ und sich selbst zu ihrem Diener machte.*

Natürlich, auch Edmund war sich nicht bewusst gewesen, welche Tragweite seine Entscheidung haben würde. Er hatte der Hexe ja nur versprochen, ihr Zusammentreffen zu verheimlichen (also zu lügen) und seine Geschwister in ihr Haus zu locken. Als Belohnung sollte er von ihr zum Prinzen und König über seine Geschwister gekrönt werden und so viel türkischen Honig schlecken können, wie er wollte.

Tumnus und Edmund kamen unter die Gewalt der Hexe, weil sie bereit waren, auf sie zu hören und ihre Diener zu werden. Natürlich war die Hexe nicht fair. Sie sagte ihnen nicht, was das wirklich bedeutete. Im Gegenteil: Sie arbeitete mit Betrug. Aber das ändert nichts an der Tatsache, dass die beiden ihre Entscheidung hätten mit dem Leben bezahlen müssen, wenn Aslan sie nicht gerettet hätte.

Das müssen wir uns merken: Satan kann herrschen, seit die Menschen ihm das Recht dazu gaben, und sie räumen ihm immer noch mehr Macht ein, indem sie auf ihn hören und tun, was er sagt.

Tun, was *er* sagt. Es war Satan, der den Menschen riet, Gottes Gebot zu übertreten. Die Menschen dachten: »Stimmt, wir können doch tun, was wir wollen! Warum sollten wir Gott gehorchen müssen und auf seine lästigen Gebote hören.« Dabei kamen sie sich ziemlich selbstständig vor und merkten gar nicht, dass sie nur ihren Herrn vertauscht hatten. Statt Gott gehorchten sie nun der Stimme des Teufels.

Der Teufel ist, wie die Weiße Hexe, ein Meister darin, die Sache so einzufädeln, dass wir es kaum merken, wenn wir uns in seinen Dienst stellen. Gott warnt uns deshalb wiederholt: *»Wisst ihr nicht, dass ihr dem Herrn gehorchen müsst, dem ihr euch verpflichtet habt? Und das heißt: Wenn ihr euch für die Sünde entscheidet, dann werdet ihr sterben.«*[29]

Sünde – nicht auf Gott hören – bringt uns immer mehr unter die Herrschaft Satans. Seine Herrschaft bedeutet *Krankheit und Schmerzen, Dornen und Disteln, Streit und Neid und am Ende der Tod.*

Der Teufel hat »die Macht des Todes«, sagt die Bibel, und: »Der Tod hat Macht durch die Sünde.«[30] – Das ist eine Wahrheit, die wir unbedingt wissen müssen!

Der Teufel dient uns heute als lustiges Maskottchen und macht unsere Pizzas und Spagetti recht scharf. Und wenn wir scharfe, heiße Zeitgenossen und Zeitgenossinnen sein wollen, dann singen wir frech, dass wir »the devil inside« haben. Das ist cool. Das ist Trend. Man ist gern Teufelin und Teufel und bestellt sich für seine Karosse ein Nummernschild mit der Zahl 666. Natürlich ist das alles nicht wirklich ernst zu nehmen, es ist einfach ein cooler Gag.

Cool. Als Edmund sich auf die Hexe einließ, war auch ihm der Ernst der Sache überhaupt nicht bewusst. Niemals hätte er eingewilligt, seine Schwestern und seinen Bruder Peter umbringen zu lassen (und schon gar nicht sich selbst, versteht sich!), aber Edmund dachte eben auch, dass es ein cooler Gag wäre, wenn er die anderen einfach zum Schloss bringen würde und dann dort die große Show abziehen könnte.

Die Hexe war einfach begeistert. Dass man sie für nichts weiter als einen coolen Gag hielt, war das Beste, was ihr passieren konnte …

Machen wir die Augen auf! Die Sache mit dem Teufel ist todernst. Jesus warnt: *»Der (Teufel) war schon von Anfang an ein Mörder und ein Feind der Wahrheit. Die Lüge gehört zu seinem Wesen; denn er ist der Lügner schlechthin, ja der Vater jeder Lüge.«*[31]

Wenn du dem Teufel auch nur eine Handbreit Platz lässt in deinem Leben, wird er das eiskalt ausnutzen; und sein Ziel ist immer deine vollkommene Zerstörung. Er hasst die ganze Schöpfung Gottes, aber vor allem hasst er die Menschen. Wie die Weiße Hexe, so würde auch er selbst kleine Kinder mit Genuss abschlachten. Und wer denkt, er könne sich bei ihm beliebt machen, wenn er ihm, wie Edmund, seine Dienste anbietet, der ist ein Narr. Denn seine eigenen Diener verachtet Satan am meisten. Der, den die Hexe als Erstes töten wollte, war ja gerade Edmund, der ihr Diener geworden war.

Täuschen wir uns nicht. Satan hat für uns Menschen nichts als Verachtung übrig. Als Edmund die Hexe bittet, ihm doch nun den versprochenen türkischen Honig zu geben, fährt sie ihn an: *»Schweig Er Dummkopf!«* Nie nannte sie seinen Namen, ja, sie sprach ihn nicht einmal direkt an. Denn Edmund war für die Hexe nur ein hassenswerter »Fratz«, kein Mensch – nur eine Sache, ein Mittel zum Zweck.

Der Teufel kann ganz spendabel tun und kiloweise »türkischen Honig« spendieren, doch wie die Weiße Hexe gönnt er seinen Dienern auch nicht eine Sekunde länger Genuss, als es seinen Zwecken zu dienen verspricht: Türkischer Honig wird sofort durch hartes Brot ersetzt und hartes Brot durch das Messer zur Schlachtung, wenn er seine Ziele erreicht hat. Wie abgrundtief seine hinterhältige Grausamkeit ist, können wir uns kaum ausmalen, denn ihm fehlt jeder Anflug von Menschlichkeit. Er ist so, wie Jesus es gesagt hat. Er möchte nur quälen und zerstören.[32]

Wenn wir das doch nur einsehen würden! Dann würden wir dem Teufel auch nicht eine Sekunde lang Sympathie oder Verhätschelung gewähren. Und dann würden wir uns hüten wie vor der Pest, auch nur in der kleinsten Sache auf ihn zu hören.

Ja, wie hört man denn auf die Stimme des Teufels? Du denkst vielleicht: *Das tue ich doch gar nicht! Ich meine, ich handle ja nicht mit Drogen und bringe auch niemanden um; und im realen Leben fährt einem ja auch keine weiße Lady mit Rentierschlitten über den Weg.*

Stimmt! Im Normalfall begegnet uns der Teufel nicht als feine Dame in einem tollen Schlitten, meistens schleicht er sich viel unauffälliger in unsere Seele. Doch darauf kommen wir noch zurück.

Zum Nachdenken:

- Satan ist die treibende Kraft hinter all dem Bösen in der Welt.
- Er ist der Feind. Er hasst und verachtet uns aus tiefstem Herzen.
- Er bekommt Macht, über uns zu herrschen, wenn wir auf ihn hören.
- Wie kann ich erkennen, wann ich auf ihn höre?

6 Aslan

Das Krumme wird gerad, sobald Aslan naht!
Beim Klang seiner Stimme verweht alles Schlimme.
Entblößt er die Zähne und schüttelt die Mähne,
wird Winter vergehn und Frühling erstehn.

Der König von Narnia, S. 66

Das Erste, was uns in Narnia auffiel, war der immerwährende Winter, dann der ziegenbeinige Faun, ein abtrünniger Diener der Weißen Hexe, und dann die böse Eisgöttin selbst. Aber zum Glück ist das nicht die ganze Geschichte von Narnia. Die wichtigste Person, die man in Narnia kennen lernen muss, ist nämlich durch und durch gut und der König von Narnia selbst, der Löwe Aslan.

Das Böse sticht einem zwar als Erstes ins Auge, und es scheint auch übermächtig zu sein, aber die gute Botschaft ist: Es ist nicht alles schlecht, noch ist nicht alles verloren, weder in Narnia noch in unserer Welt!

Nein, im Gegenteil: In Narnia geht es um den Sieg über das Böse und um die Rettung vor der Hexe des Todes. Das ist die gute Botschaft, die auch uns froh machen soll: Es gibt einen Sieg! Aber wir müssen verstehen, dass dieser rettende Sieg untrennbar mit einem Namen verknüpft ist: Aslan.

Wer ist Aslan? *Herr Biber* erklärt es den Kindern. *Er ist der König, der Herr der Wälder und der Sohn des Großen Königs jenseits der Meere.* Ja, Aslan ist so stark und mächtig, so unendlich erhaben über die Hexe, dass Herr Biber in schallendes Gelächter ausbricht, als Edmund ihn fragt, ob denn die Hexe auch Aslan in Stein verwandeln könnte.

»*Ihn* in Stein verwandeln!«, prustet er. »Wenn sie in ihrer ganzen Größe vor ihm stehn und ihm ins Gesicht blicken kann, ist es das Äußerste, was ihr gelingt, mehr kann sie sicher nicht.«[33]

Aslan ist so mächtig und schrecklich, dass sogar die Seinen ihm mit Respekt begegnen. Als ihn die Kinder zum ersten Mal sehen, wissen sie nicht, was sie machen sollen. Kaum haben sie einen *Schimmer seiner goldenen Mähne und der großen herrlichen, königlichen, feierlichen Augen gesehen,* können sie ihn kaum länger anblicken, so sehr *beben sie innerlich vor Ergriffenheit.* – Unglaublich! Lewis kommentiert dieses Erlebnis mit folgenden Worten: »Wer nicht zuweilen in Narnia gelebt hat, kann sich nicht vorstellen, dass etwas gut und zugleich furchterregend sein kann.«[34]

So ist Aslan. Er ist alles, was Narnia ausmacht, und er ist das, worauf alle Geschöpfe Narnias mit Sehnsucht hoffen (mit Ausnahme der Bösen). Wenn es in Narnia also um *Glauben* geht, wie Regisseur Adamson meint, dann geht es um den Glauben an Aslan.

Als Peter mutig nachdenkt, wie man Lucys Freund *Tumnus* retten könnte, antwortet ihm Herr Biber: »Es hat keinen Sinn, Adamssohn, keinen Sinn, dass du es unternimmst. … jetzt wo Aslan unterwegs ist … *Er* wird Tumnus retten, nicht ihr, liebe Kinder.«[35]

Das müssen sie also glauben: Nur Aslan kann vor dem Bösen retten.

Von Aslan erwarten die Narnianer buchstäblich alles. *»Das Krumme wird gerad, sobald Aslan naht! Beim Klang seiner Stimme verweht alles Schlimme. Entblößt er die Zähne und schüttelt die Mähne, wird Winter ver-*

gehn und Frühling erstehn«, heißt es in der alten Prophezeiung, auf die sie ihren ganzen Glauben stützen.

Es liegt also auf der Hand, dass es für uns nichts Wichtigeres gibt, als zu wissen, wer Aslan in der wirklichen Welt ist. »Ihr müsst mir in eurer Welt begegnen«, sagt der Löwe in einem späteren Buch zu den Kindern. Auf die Frage, ob es ihn denn auch in unserer Welt gibt, antwortet er: »Ja. Aber dort trage ich einen anderen Namen.«[36]

Erstaunlich, nicht? Wegen dieser Passage bekam C.S. Lewis einen Haufen Briefe von Kindern, die wissen wollten, wie denn Aslan in unserer Welt heiße. Er antwortete dazu Folgendes: »Wer in unserer Welt wird 1.) von Weihnachten angekündigt, hat 2.) von sich selbst gesagt, er sei der Sohn des Großen Herrschers, gab sich 3.) wegen der Schuld eines anderen hin, um von bösen Menschen verspottet und ermordet zu werden, kam 4.) aus dem Tod wieder zurück ins Leben und wird 5.) manchmal als Lamm bezeichnet (in *Die Reise auf der »Morgenröte«*)? Kennt ihr wirklich nicht seinen Namen in unserer Welt? Denkt darüber nach, und lasst mich eure Antwort wissen.«[37]

Deutlicher könnte es fast nicht sein. C.S. Lewis rechnete damit, dass sogar Schulkinder herausfinden können, dass Aslan in unserer Welt Jesus Christus heißt. An Weihnachten feiern wir sein Kommen, er ist der Sohn Gottes, er starb an unserer Stelle, er kam aus dem Tod zurück und wird oft »das Lamm Gottes« genannt.

Jesus – er ist die wichtigste Person sowohl in der Menschheitsgeschichte als auch in der übernatürlichen Welt. Um ihn geht es – und um den Glauben an ihn.

Viel wurde schon von Jesus geredet, unzählige Bücher wurden über ihn geschrieben, unzählige Filme von ihm gedreht. Aber wer ist er? Warum sollte ich an ihn glauben? Warum sollte ich ihn lieben? Ist er ein gestrenger Kirchenfürst oder ein Hippie oder was?

Jesus ist der König. Ihm gehört die ganze Welt. Er hat das Recht, hier zu regieren, denn er ist *der Sohn des Großen Herrschers jenseits des Meeres.* (Das Meer ist in Narnia die Grenze zum Himmel, zum Paradies). Er ist also der Sohn Gottes.

Darum ist Jesus nicht einer unter vielen Religionsstiftern, nicht zu vergleichen mit Mose, Buddha oder Mohammed. Denn er ist nicht einfach ein Prophet, ein Erleuchteter, ein Guru oder ein Volksführer, sondern er ist der einzigartige Sohn des Allerhöchsten.[38] Darum ist er nicht einer unter vielen, sondern »König über alle Könige! Herr über alle Herren!«[39]

Warum? In dem Buch *Das Wunder von Narnia* erfahren wir, dass Aslan der Schöpfer der Welt ist, darum ist er natürlich auch der wahre König. So ist es auch mit Jesus. Er wurde zwar vor gut 2000 Jahren als Mensch geboren, aber das war nicht sein Anfang. Jesus selbst sagte seinen Zeitgenossen:

»Lange bevor Abraham (er lebte etwa 2000 v.Chr.) *überhaupt geboren wurde, war ich da.«*[40]

Und die Bibel sagt:

> *»Am Anfang war das ewige Wort Gottes: Christus. Immer war er bei Gott und ihm in allem gleich. Durch ihn wurde alles geschaffen. Nichts ist ohne ihn geworden.«*[41]

Darum ist also Jesus der »König der Könige«, wie es

Xavier Naidoo singt. Er ist es, weil er nicht einfach nur ein toller Mann oder ein Religionsstifter war, sondern der ewige Sohn Gottes ist, der die ganze Welt geschaffen hat.

Darum findet es Herr Biber auch so witzig, wenn Edmund sich vorstellt, dass vielleicht die Hexe den großen Krieg gewinnen wird. Geradeso als wären Jesus und Satan zwei ebenbürtige Gegner. Solch eine Vorstellung ist ganz und gar verkehrt.

Genauso wie die Hexe und ihr ganzes Heer gegen Aslan auch nicht den Hauch einer Chance hatten, so ist es auch in der wirklichen Welt. Die Bibel berichtet uns, dass die Dämonen vor Angst schlotterten, wenn sie Jesus sahen; und wenn er ihnen befahl, die Menschen zu verlassen, mussten sie augenblicklich gehorchen. Auch den Fürsten der dunklen Geister wird Jesus am Ende der Zeit souverän »mit dem Hauch seines Mundes« vernichten.[42]

Aber wurde Jesus nicht gewaltsam umgebracht? War er nicht ganz schwach, als er da am Kreuz hing? Wie passt das mit seiner Macht zusammen?

Wieder hilft uns Aslan, diesen Gegensatz zu verstehen. Jesus ist ein Löwe mit der Sanftmut eines Lammes. Er begab sich völlig freiwillig in die Hände des Heeres der Finsternis.

Der Löwe ließ sich stumm wie ein Lamm misshandeln und töten, obwohl nur ein einziger Streich mit seinen Pranken gereicht hätte, um seine Widersacher zu zerreißen; obwohl ein Brüllen von ihm alle rückwärts zu Boden hätte taumeln lassen.

Das machte Jesus deutlich. Die Soldaten, die ihn verhaften sollten, fielen rückwärts zu Boden, als er ihnen sagte: »Ich bin's.« Und seinem Freund Petrus, der ihn mit dem Schwert verteidigen wollte, sagte er: »Steck dein Schwert weg. Weißt du denn nicht, dass ich nur meinen Vater um Hilfe zu bitten brauche, und er schickt mir sofort mehr als zwölf Legionen Engel?«[43]

Aber Jesus selbst hatte sich ja freiwillig entschieden, in den Tod zu gehen, um uns zu retten. Das sagte er klipp und klar: *»Niemand kann mir das Leben nehmen, ich gebe es freiwillig hin. Ich habe die Macht und die Freiheit, es hinzugeben, aber auch, es wieder zu nehmen. Das ist der Auftrag, den mir mein Vater gegeben hat.«*[44]

Sein Tod am Kreuz ist ein Zeichen seiner Stärke. Und das umso mehr, weil er nachher souverän aus den Toten auferstand. Vor allem aber zeigt uns sein Tod am Kreuz sein unbegreiflich großes Herz.

Was muss es für Lucy und Suse bedeutet haben, als sie sahen, wie der große, wunderbare Löwe sich freiwillig von den Furien und Vampiren dieser morbiden Hexe schänden ließ, und dabei wussten, dass Aslan das alles tat, um ihren Bruder Edmund zu retten! Was war das für ein König! Er wurde durch diese Tat nur noch majestätischer und verehrenswerter.

Jesus. Zurzeit trägt man trendy T-Shirts, auf denen steht: »Jesus is my homeboy.« Was soll man davon halten? Einerseits ist es tatsächlich möglich, den mächtigen König des Universums zum Freund zu haben. Genauso wie die Kinder Aslan streicheln, ja sogar mit ihm herumtollen und auf ihm reiten durften, so möchte auch Jesus mein ganz persönlicher Freund werden. Doch uns muss auch klar sein, dass Jesus nicht einfach nur der »nette Kumpel von nebenan« ist. In Narnia wird ganz deutlich, dass *der Sohn des*

Großen Königs sehr wohl auch zu fürchten ist. Niemals hätten die Kinder gewagt, ihn zu streicheln, wenn er es ihnen nicht erlaubt hätte. Allein schon in seiner Nähe zu sein, wäre ihnen unerträglich gewesen, wenn nicht seine Stimme sie beruhigt hätte.

Diesen Gegensatz von völliger Vertrautheit und ehrfürchtiger Ergriffenheit konnten sie mit nichts vergleichen. Das gab es sonst in unserer Welt nicht. So sagt auch C.S. Lewis, dass dieses Geheimnis niemand wirklich verstehen könne, der nicht öfters in Narnia war.

Dieses Geheimnis nennt die Bibel *Heiligkeit*. Jesus ist absolut heilig. Auch hier hilft uns Aslan, dieses Wort wenigstens einigermaßen zu verstehen. An ihm sehen wir, dass Heiligkeit schön und unglaublich anziehend, aber gleichzeitig für Menschen wie uns auch furchterregend ist.

Jesu engste Freunde waren von dieser Heiligkeit manchmal überwältigt. Petrus rief bei einer Gelegenheit aus: »Herr, geh von mir weg! Denn ich bin ein sündiger Mensch.« Und Johannes sah Jesus einmal in einem solchen Glanz, dass er umfiel wie tot.[45]

Wer nie Ehrfurcht vor Jesus verspürt hat, der ist ihm noch nicht wirklich nahe gekommen. Bin ich ihm schon nahe gekommen? Möchte ich das überhaupt? Wie wirkt der Name *Jesus* auf mich?

Es ist interessant: In der Geschichte von Narnia löste allein schon die Erwähnung von Aslans Namen bei den Hörern die erstaunlichsten Reaktionen aus. Bei Edmund löste es *einen ungeheuren geheimnisvollen Schrecken* aus. Peter hingegen empfand *Mut und Abenteuerlust*, Suse vernahm einen *köstlichen Duft in der Luft, während herrliche Klänge sie über-*

fluteten, und für Lucy war es wie *an einem Sommermorgen, wenn die großen Ferien beginnen.*[46]

Niemand kann bei Jesus gleichgültig oder neutral bleiben. An ihm werden sich die Geister scheiden. In der Bibel heißt es, dass die Botschaft von Jesus für die einen Menschen wie ein *»Geruch des Todes«* ist, für die anderen aber *»ein angenehmer Duft, der ihnen neues Leben anzeigt«*[47]. So war das schon damals, vor 2000 Jahren, und heute ist es immer noch so.

Als Jesu Nachfolger in den Straßen Jerusalems öffentlich verkündigten, dass Jesus der Herr der Welt sei und wiederkommen würde, wurde die damalige religiöse Elite so wütend, dass sie mit den Zähnen knirschte. Ja, sie bekam es sogar mit der Angst zu tun. Deshalb verbot sie den ersten Christen, diesen Namen auch nur zu erwähnen oder unter Berufung auf diesen Namen etwas zu tun.[48] Doch die Freunde von Jesus ließen sich davon kein bisschen einschüchtern, sondern erwiderten mutig: »Man muss Gott mehr gehorchen als den Menschen. Jesus Christus und sonst niemand kann die Rettung bringen. Auf der ganzen Welt hat Gott keinen anderen Namen bekannt gemacht, durch den wir gerettet werden können.«[49]

Das Interessante dabei ist, dass heute immer noch ein Riesentamtam gemacht wird um den Namen *Jesus*. Es ist kaum zu glauben, aber bei einem ökumenischen Gottesdienst, der vor einigen Jahren in Kanada für die Opfer einer abgestürzten Swissair-Maschine abgehalten wurde, war es sämtlichen christlichen Geistlichen verboten worden, in ihren Reden den Namen *Jesus* zu erwähnen. Den Vertretern anderer Religionen hingegen wurden keine solchen Einschränkungen auferlegt. Es war unglaublich! Der

Skandal wurde erst einige Wochen nach der Trauerfeier aufgedeckt und unter anderem im *Spiegel* dokumentiert.

Warum ist das so? Weil Jesus der Herr ist. Instinktiv empfinden alle, die sich von ihm nicht dreinreden lassen wollen, Argwohn, wenn sie von ihm hören, während die anderen Hoffnung bekommen und wünschten, er wäre schon da. Was empfindest du, wenn du von Jesus hörst?

Einmal bekam C.S. Lewis von der Mutter eines neunjährigen Jungen namens Laurence einen Brief. Diese sagte ihm, ihr Sohn wäre besorgt, weil er merke, dass er Aslan mehr liebe als Jesus. Lewis antwortete ihr: »Laurence kann Aslan nicht wirklich mehr lieben als Jesus, selbst wenn er das meint. Denn alles, weswegen er Aslan liebt, sei es nun wegen dem, was er redet, oder dem, was er tut, sind ja einfach die Dinge, die Jesus wirklich gesagt und getan hat. Deshalb liegt die Sache so: Wenn Ihr Sohn denkt, er liebe Aslan, liebt er in Wirklichkeit Jesus. Und vielleicht liebt er ihn sogar mehr, als er es je zuvor tat.«[50]

Wenn du denkst, dass Aslan eine wundervolle Figur ist, dann solltest du dich aufmachen und Jesus suchen!

Zum Nachdenken:

- In welcher Weise unterscheidet sich Aslans Charakter von dem der Hexe?
- In Narnia gilt: Aslan – oder die Weiße Hexe. Hält man sich zu Aslan, ist man ein Feind der Hexe. Hält man sich zur Hexe, ist man ein Feind Aslans. Es gibt keinen neutralen Platz.

- In unserer Welt gilt dasselbe. Jesus sagte: »Wer nicht für mich ist, der ist gegen mich, und wer mir nicht hilft, der schadet meiner Sache!«[51]
- Auf welcher Seite möchte ich stehen?

7 Edmund – der Böse

»Dummes Schaf«, sagte Edmund. »Es ist doch bloß ein Vogel.«

Der König von Narnia, S. 8

Edmund, der Böse. Ist das nicht ein wenig übertrieben? Na gut, Edmund war kein lieber Junge, aber deswegen ist er noch lange kein sadistischer Diktator. Edmund ist so, wie viele von uns waren oder sind. Er ist launisch, ziemlich egoistisch und versucht, sich auf Kosten der Kleineren ein wenig größer zu machen. Auch würde er *es den anderen gerne einmal heimzahlen, ob sie das nun verdient haben oder nicht*. Vor allem Peter, der immer alles besser weiß und immer so richtig und vernünftig handelt …

Ja, wir verstehen Edmund irgendwie, es ist ja auch nicht leicht, der Zweitjüngste zu sein. Sein Verhalten ist zwar nicht richtig, aber es ist begreiflich, halt menschlich, und wir würden es als harmlos einstufen.

Harmlos? Gerade diese Verhaltenszüge haben Edmund anfällig gemacht – um nicht zu sagen, vorherbestimmt –, der Hexe auf den Leim, oder besser gesagt, auf den Honig zu gehen.

Zwei Kinder gelangen nach Narnia: Lucy und Edmund. In Narnia herrscht die »Teufelin«, die seit Jahr und Tag keine Ruhe hat, weil sie weiß, dass Menschen ihr gefährlich werden können. Ständig sinnt sie darauf, wie sie die Menschenkinder umbringen kann, wenn sie erscheinen werden.

Beide, Lucy und Edmund, laufen direkt in ihre Arme oder in die Arme ihrer Häscher. Doch Lucy entkommt der Falle, Edmund nicht. Das ist kein Zufall. Edmund zieht mit seinen Einstellungen die böse Dame geradezu an. Denn Edmund tut in den kleinen Situationen des Alltags permanent *nicht* das, was Gott von uns Menschen erwartet.

Ganz zu Anfang, als die Kinder dem urigen Professor vorgestellt werden, muss Ed sich das Lachen verkneifen, während Peter und Suse Sympathie für ihren Gastgeber empfinden und die kleine Lucy Respekt vor ihm hat. Ein unwichtiges Detail, könnte man meinen, aber C.S. Lewis will uns hier schon zeigen, dass in Edmund »der Wurm steckte«.

Gott sagt nämlich, dass wir unsere Mitmenschen lieben und vor älteren Menschen Respekt haben sollen. Edmunds Grinsen aber deutet nicht auf Liebe hin, sondern auf einen Dünkel. Vielleicht wäre es übertrieben, bei einem Kind sofort auf Hochmut zu tippen, bloß weil es einmal grinsen muss, wenn es einen alten Mann sieht. Doch in Edmunds Fall ist es so. Seine eingebildete Haltung tritt im Lauf der Geschichte immer deutlicher zu Tage. Eine Einstellung, die Gott sehr missfällt. *»Gott widersetzt sich den Hochmütigen, nur den Demütigen wendet er seine Gnade zu.«*[52]

Als Ed am Abend müde ist, fährt er die anderen lieber bissig an, dass sie ihm gar nichts zu sagen hätten, anstatt seine Schwäche zuzugeben. Wieder ist er nicht demütig und freundlich, dass er für den gut gemeinten Ratschlag seiner Schwester Suse gedankt hätte, sondern markiert lieber den starken Mann.

Ja, mit Demut hat Edmund nichts am Hut. Im Gegenteil: Obwohl er selbst ein kleiner Zwirbel ist, fährt er arrogant über die ein Jahr jüngere Lucy her: *»Dummes Schaf – übergeschnappt – typisch Mädchen, albern, wie sie sind.«*

Ganz normal? Leider ja. Doch das ist genau die gleiche Haltung und genau die gleiche Sprache, die wir später bei der Hexe sehen: *»Er ist ein Idiot – ein Dummkopf – ein Fratz.«*

Wenn wir, ob klein oder groß, über andere Menschen herziehen, dann sind wir erfüllt vom Geist des Teufels. Hochmut, Arroganz und Verachtung – das ist sein böses Wesen.

Wir müssen nicht erst jemanden töten, damit wir mit dem Teufel zusammenarbeiten. Jesus warnte uns ausdrücklich: *»Ihr habt gehört, dass es im Gesetz des Mose heißt: ›Du sollst nicht töten! Wer aber einen Mord begeht, muss vor ein Gericht.‹ Doch ich sage euch: Schon wer auf seinen Bruder zornig ist, den erwartet das Gericht. Wer zu seinem Bruder ›Du Idiot!‹ sagt, der wird vom Obersten Gericht abgeurteilt werden, und wer ihn verflucht, dem ist das Feuer der Hölle sicher.«*[53]

Warum ist Jesus hier so streng? Weil er weiß, wohin es führt, wenn wir eine verachtende Haltung in uns zulassen. Es führt uns, um es in der Sprache Narnias auszudrücken, direkt in die Arme der mörderischen Jadis.

Natürlich, die alte Lügnerin hypnotisierte Edmund auch mit dem verzauberten Honig, der ihn wie eine Droge in kürzester Zeit süchtig machte. Aber es war sein Groll, in dem er tagelang schwelte, der ihn so leicht in ihr Lügennetz kriechen ließ.

Edmund ist zwar nur ein Kind, aber er tappte nicht unschuldig in die Falle. Er hätte immer wieder die

Möglichkeit gehabt, einzusehen und zuzugeben, dass eigentlich er derjenige war, der sich falsch benommen hatte. Aber nein! Lieber malte er sich aus, dass Peter hochnäsig sei, anstatt den eingebildeten Fatzke in sich selbst zu sehen.

Und darum war es für ihn *köstlich wie türkischer Honig*, zu hören, dass er König über seine Geschwister werden könnte und dass er dort auf dem Schloss einmal glänzen würde, während die anderen dann alle ziemlich blöd dastehen würden.

Es ist alles so harmlos alltäglich bei Edmund, aber durch seine kleinen Gemeinheiten wäre er beinahe zum Mordhelfer gegen seine eigenen Geschwister geworden.

Ist Ed gar nicht böse? Ist er nur ein Opfer, weil er noch zu klein ist, um zu wissen, was richtig ist? So würden es viele gerne sehen, denn damit kann man sich dann immer gut selbst entschuldigen. Aber so einfach ist die Sache nicht.

Tagelang schien es Edmund geradezu Spaß zu machen, Lucy zu verletzen. Er verhöhnte und verspottete sie und verdarb ihr – und letztendlich allen – die ganze Freude an den schönen Tagen.

»Die Worte eines gedankenlosen Schwätzers verletzen wie Messerstiche; was ein weiser Mensch sagt, heilt und belebt«[54], sagt Gott. Wir sollen die Menschen lieben und so reden, dass wir ihnen helfen.

In Peter hätte Edmund ein vorbildliches Beispiel dafür gehabt, wie man das Positive sieht und fördert. Obwohl auch Peter Lucy nicht glauben konnte, dass sie mit einem Faun Tee getrunken hatte, verspottete er sie nicht, sondern versuchte, sie zu ermutigen. Und obwohl Peter der Älteste war, tat er nie großkotzig, sondern fragte immer wieder demütig auch die anderen nach ihrer Meinung.

Ja, Edmund hätte wirklich die Möglichkeit gehabt, sich an Peters Vorbild zu orientieren, aber das tat er nicht, weil er böse war.

Es fängt eigentlich immer ganz harmlos an, mit kleinen Dingen, aber es zieht uns immer tiefer hinein in die Macht des Bösen:

»Es ist die eigene Begehrlichkeit, die den Menschen ködert und einfängt. Wenn jemand ihr nachgibt, wird die Begehrlichkeit gleichsam schwanger und gebiert die Sünde. Und wenn die Sünde ausgewachsen ist, bringt sie den Tod hervor.«[55]

Zum Nachdenken:

- Das Böse ist nicht weit weg, sondern in unserem eigenen Herzen.
- Selbst Dinge, die die ganze Welt für harmlos hält, bringen uns in »Teufels Küche«.
- Erkenne ich an mir selbst die gleichen Wesenszüge wie an Edmund?

8 Lucy – die Mutige

»Nein«, sagte Lucy, »so etwas könnten Sie nie tun.«

»Doch ich tat es!«, jammerte der Faun.

»Nun denn«, begann Lucy möglichst ruhig, sie wollte nicht zu schroff mit ihm sein, sondern ihn trösten, »das war wirklich schlecht, aber da es Ihnen Leid tut, werden Sie es nun bestimmt nicht wieder tun.«

Der König von Narnia, S. 19

Selig sind, die arm sind vor Gott; denn ihnen gehört das Himmelreich.

Matthäus 5,3

Das ist doch schon sehr erstaunlich. Da sitzt Lucy, die Erstklässlerin, mit einem erwachsenen Faun in seiner Höhle, und der gesteht ihr unter Tränen, dass er sie eigentlich kidnappen und zur Kindermörderin bringen will. Sie antwortet gefasst, bleibt anständig und versucht, mit dem reuigen »Mafia-Agenten« möglichst schonend umzugehen.

Lucy zeigt hier Weisheit und Charakterstärke, wie man sie selbst bei Erwachsenen nur selten findet.

Doch Weisheit und Stärke liegen eben nicht in vielen Lebensjahren oder in Muskelkraft, sondern im Herzen. Edmund zeigt uns, wie wir mit Leichtigkeit ein Sklave des Teufels werden; Lucy zeigt uns, wie wir diesem Schicksal entrinnen können.

Lucy ist klein. Sie ist schwach und weiß vieles noch nicht. Sie ist gerade mal in der ersten Klasse. Aber sie hat etwas, was sie dazu befähigt, den Plänen der mächtigen Listenschmiedin einen Strich durch die Rechnung zu machen. Was Lucy so stark macht, sind Wahrheitsliebe, Demut (das ist die Bedeutung von »arm sein vor Gott«), Barmherzigkeit und Güte.

Lucy zeigt uns: Man *muss nicht* sein wie Edmund. Man kann auch anders sein.

Man muss nicht hochmütig sein. Als sie den Professor sieht, denkt sie nicht als Erstes: *Das ist jemand, über den man lachen kann*, sondern sie hat Respekt.

Man muss nicht bockig und verletzend sein. Als sie ständig gehänselt wird, giftet sie nicht zurück, sondern ignoriert es anfangs freundlich, und nachher ist sie einfach traurig darüber.

Man muss nicht lügen, bloß weil die Wahrheit uns Nachteile bringen würde. Sie ist wegen der wahren Geschichte vom Wandschrank bereit, ausgelacht zu werden und besorgte Blicke zu ertragen, während Edmund sich bequem einen Ausweg in der Lüge sucht, um ja nicht blöd dazustehen.

Trotz all dieser Tugenden ist Lucy nicht eine selbstgerechte Zicke, die nur darauf wartet, dass sie abschätzig auf die »bösen« anderen herabschauen kann. Nein, ihr ganzes Wesen ist voller Güte.

Weil sie selbst keine bösen Hintergedanken pflegt, kann sie sich auch nicht vorstellen, dass ihr neuer Freund, Herr Tumnus, so etwas tun könnte.[56] Als er es dann zu ihrem Schrecken zugibt, ist sie sofort bereit, ihm zu vergeben. Sie denkt nicht: *Recht so, soll der nur ein bisschen heulen, der fiese Sack*, sondern instinktiv – weil es wirklich von Herzen kommt – tröstet sie den reuigen Sünder augenblicklich.

Auch als die Kinder dann endlich alle miteinander in den Wald von Narnia hineinstolpern, sonnt sie sich nicht in dem Gefühl, dass sie endlich *Recht bekommen* hat, und hält den anderen auch keine vorwurfsvollen Vorträge über deren Unglauben. Sofort nimmt sie Peters prompte Entschuldigung an. Gern will sie ihm die Hand geben. Lucy liebt den Frieden, sie will, dass es allen gut geht. Es geht ihr nicht um sich selbst.

Es sind gerade ihre Güte und ihre herzliche Demut, die Lucy der Gefahr entrinnen lassen. Als der Faun, der noch nie in seinem Leben ein Menschenkind gesehen hat, diese liebe Lucy sieht, vergeht ihm jede Lust, Helfershelfer der bleichen Kindermörderin zu bleiben. Lucys Güte hat sein Herz durchbohrt. Sie erinnert ihn an die gute Zeit des Friedens, von der sein Vater ihm erzählte.

Er bricht in Tränen aus und ist lieber dazu bereit, selbst zu sterben, als dieses Mädchen zu opfern. Ihre Gutmütigkeit – die man gern als Schwachheit wertet – rettet so am Ende nicht nur sie selbst, sondern bekehrt auch den armen Diener der grausamen Hexe.

Unwillkürlich muss man da an die Worte Jesu denken, der seinen Nachfolgern sagte: *»Ich sende euch wie Schafe unter die Wölfe.«*[57]

Irgendwo in dem Alten Buch steht, dass früher oder später jeder bekommt, was seine Taten verdienen. Und so ist es am Ende eben kein Zufall, dass Lucy zuerst dem Faun und Edmund zuerst der Hexe begegnet, und nicht umgekehrt. Das war gerecht so, und am Ende war es auch für alle das Beste. Man stelle sich einmal vor, der Faun hätte sich Edmund geschnappt! Der Bengel hätte ihn wohl kaum zu einer Umkehr bewegt.

Was heißt das für uns? Wenn wir nicht Sklaven des Teufels sein wollen, müssen wir so sein oder so werden wie Lucy. Die Kleinste ist in dieser Geschichte das größte Vorbild.

Es ist deshalb auch kein Zufall, dass ausgerechnet sie das übernatürliche – oder sollen wir sagen, das himmlische – Reich entdeckt.

Jesus sagte: »Das will ich euch sagen: Wenn ihr euch nicht ändert und so werdet wie die Kinder, kommt ihr nie in das Reich Gottes. Wer aber so klein und demütig sein kann wie ein Kind, der ist der Größte in Gottes Reich.«[58] Das ist Gottes Botschaft an uns alle. Wenn wir bei Gott ankommen wollen, müssen wir nicht wahnsinnig intelligent sein oder die abgefahrensten Zauberformeln kennen oder uns zehn Stunden im Lotussitz verrenken können oder reich oder schön oder stark sein, sondern *demütig*, *wahrheitsliebend* und *gütig* sein.

Bin ich so wie Lucy? Wir sträuben uns dagegen, klein und demütig zu werden, weil wir nicht dumm sein wollen. Aber Demut hat nichts mit Dummheit oder gar Feigheit zu tun. Es ist ja gerade Lucy, die auf eigene Faust die geheimnisvolle andere Welt im Wandschrank entdeckt. Obwohl der große Peter ihr sagte, dass da nichts sei, ließ sie sich nicht abhalten.

In ihr pulsiert das Leben und der Mut, Geheimnisse zu entdecken. Aber ihre Bescheidenheit lässt sie dabei nicht töricht werden. Anders als der stolze Edmund lässt sie zum Beispiel nicht *die Tür hinter sich ins Schloss schnappen*. Auch beweist sie ziemliche Courage, als ihr die brenzlige Situation in der Höhle bewusst wird.

Nein, Demut ist kein Zeichen von Schwachheit oder Dummheit. Sie ist die Eigenschaft der wahren Helden und Weltveränderer.

Zum Nachdenken:

- Wahrheitsliebe, Demut und Güte sind die Waffen, mit denen wir die mörderischen Mächte der Bosheit besiegen können.
- Weiß ich das schon, oder bewundere ich immer noch Angeberei und gespielte Stärke?
- Bin ich gütig und wahrheitsliebend? Oder bin ich selbstgerecht und immer auf mein gutes Image bedacht?
- Was hält mich davon ab, so wie Lucy mutig gegen den Strom zu schwimmen?

9 Die Freuden des türkischen Honigs

»Es ist unbefriedigend, Adamssohn, zu trinken, ohne zu essen«, sagte die Königin gleich darauf. »Was möchte Er am liebsten essen?«

»Türkischen Honig, bitte, Eure Majestät«, sagte Edmund.

Der König von Narnia, S. 30

Es geht also in unserem Leben um mehr. Es gibt eine geistliche Welt, und dort steht auf der einen Seite Satan und auf der anderen Jesus. Beide wollen, dass wir ihre Diener werden.[59] Und wir müssen uns entscheiden.

Das ist genau der Punkt. Ziemlich einfach zu verstehen, nur erscheint uns das manchmal so unreal, so weit weg vom Alltagsleben. Ist es aber nicht.

Lucy und Edmund, das ist der Alltag. Da genau spielt ja die Geschichte, und mit einem Tropfen Ehrlichkeit im Blut ist es gar nicht so schwer zu sehen, auf welcher Seite wir selbst stehen.

Offensichtlich fällt es der Mehrheit leichter, zu witzeln, sie wären kleine Teufel, als sich vor Freunden und Kollegen in allem Ernst zu Jesus Christus zu bekennen. Vielen fällt es schon schwer, diesen Namen laut auszusprechen.

Das ist eigentlich seltsam, denn wenn man so nach Narnia schaut, ist es doch gar keine Frage, wer einem sympathischer ist, Aslan oder Jadis. Im Kino freut sich jeder, wenn der perversen Hexe endlich der Garaus gemacht wird und alle in dem Reich des großherzigen Löwen feiern und tanzen können. Nur in der wirklichen Welt scheint uns jemand den Kopf verdreht zu haben. – Wie ist das zu erklären?

Es hat mit dem türkischen Honig zu tun. Wir erinnern uns: Edmund war zwar böse, aber eigentlich auch wieder nicht so böse, dass er seine Geschwister umbringen wollte. Nur mal eins auswischen wollte er ihnen, mehr nicht. Schon gar nicht wollte er ein kriecherischer Sklave dieser zweifelhaften Königin werden. Und eigentlich hatte Ed ja auch nichts gegen Aslan. Der hatte ihm ja nichts getan. Er kannte ihn nicht einmal! – Es geht diesem Edmund also gerade wieder mal wie uns.

Aber dann ändert etwas seine Einstellung. Es ist der Honig der Hexe. Schön verpackt in einer Schachtel mit grünseidener Schleife war es der beste türkische Honig, den Ed je verschlungen hatte. Ja, noch nie hatte er etwas so Leckeres geschmaust. Während er das Zeug in sich hineinstopfte, wurde ihm so wohlig und warm, dass er plötzlich alle Furcht vor der kühlen Fremden mit der aufgesetzten Freundlichkeit verlor. Arglos verriet er ihr alle Geheimnisse und hätte alles gegeben, um mit ihr ins Schloss zu gehen.

Man stelle sich das einmal vor! Bevor er von diesem Honig gekostet hatte, wäre das für ihn eine Horror-Vorstellung gewesen. Jetzt aber, bei dem Gedanken, dass er im Schloss der Hexe mehr von diesem Zeug bekommen konnte, wurde es zum einzigen Magnet seiner Wünsche.

Warum? Die alte Hexe hat ihm eine magische Süßigkeit gegeben. Jeder, der einmal davon gekostet hat, will davon »immer mehr und mehr« und »begehrt so lange immer wieder danach, bis er stirbt«[60].

Mit anderen Worten: Durch den Honig hatte Jadis ihn verhext und ihr hörig gemacht.

Nachdem sich Edmund von dem Zeug überfressen hatte, fühlte er sich zwar – halb grün im Gesicht – unbehaglich und fand es auch beunruhigend, von Lucy zu hören, dass die Dame, mit der er sich angefreundet hatte, eine gefährliche Hexe sei, aber … – aber wenn er dann wieder an ihren einzigartig leckeren Honig dachte, »dann begehrte er nichts so sehr, als ihn wieder zu schlecken«[61]. Und plötzlich ergreift Edmund Partei für sie. »Wer erzählt dir denn solchen Unsinn über die Weiße Hexe? – Man kann nicht alles glauben, was solche Faune reden«, ereifert er sich.

Ganz langsam gerät Edmund immer mehr auf ihre Seite. Als er zusammen mit seinen Geschwistern die verwüstete Wohnung von Herrn Tumnus findet, möchte er sich »neutral« geben, einfach feige verduften, so tun, als würde ihn das alles nichts angehen. Keinesfalls aber ist er bereit, die Hexe endlich als Feind zu erkennen. Aber als das nichts wird mit seiner »Neutralität« und er eine Entscheidung treffen muss, ist klar, dass er auf ihrer Seite steht.

Und schließlich sind ihm alle unsympathisch, die nicht auf der Seite der Hexe stehen: seine eigenen Geschwister, das Rotkehlchen, die netten Bibers und vor allem der Erzfeind der Hexe selbst, Aslan.

In Edmunds Kopf ist aus dem Löwen, der nichts als Liebe für die Kinder hat, schon der *grässliche Aslan* geworden. Ihn nerven alle, die den Löwen toll finden. Hämisch hofft er, dass die Hexe diesen blöden Held doch auch versteinert.

Wie von Schlangengift verzaubert, steigert er sich immer mehr in diesen Hass hinein. Er ist schon ganz vom teuflischen Geist der Hexe erfüllt. Aus dem passiven Bewunderer der bleichen Todesgöttin ist ein aktiver Diener geworden. Er muss zu ihr! Er muss ihr alles verraten: alles über Aslan, die Bibers und seine Geschwister. Der letzte Rest von Gewissen, der ihm sagt, dass die Hexe grausam sei, tötet er mit laschen Ausreden ab.

Edmund ist ein eingefleischter Feind Aslans geworden. Als er im Schlossgarten der Hexe tatsächlich einen versteinerten Löwen findet, kommt ihm die *großartige Vermutung*, dass sie Aslan schon erledigt hat. In seiner kindischen Dummheit malt er dem Versteinerten Schnauzbart und Brille und fängt an, ihn zu verspotten: »Na du alter, blöder Aslan, da hast du gedacht, weiß Gott, was du bist, und wie gefällt es dir nun, so als Stein dazustehen?«[62]

Es ist, als hörte man die Stimme der Hexe selbst. Die Sucht nach dem türkischen Honig hatte ihm die Bösen lieb und die Guten verhasst gemacht. Es ist geradezu unglaublich.

Und doch kennen wir das gut. Der türkische Honig wirkt auf Edmund wie Alkohol auf einen Alkoholiker, wie ein Pokerspiel auf einen Spielsüchtigen, wie Pornographie auf einen Sexsüchtigen, wie Heroin auf einen Junkie. Er muss mehr davon haben! Er wird alles dafür tun, um an den Ort zu kommen, wo er seine geliebte »Süßigkeit«, so viel und so ungehemmt, wie er will, in sich reinstopfen kann! Diese Sucht ist so stark, dass sie alle Werte verändert, dass plötzlich das Gute schlecht und das Böse gut ist.

So fängt uns der Teufel. Er bietet uns etwas an, was

uns schmeckt. Und er heuchelt und hätschelt uns so lange, bis wir es »fressen« und genießen. Ja, genießen sollen wir es, aber nicht weil der Teufel uns eine Freude gönnt, sondern weil er uns ihm hörig machen will.

Und auch hier dürfen wir uns nicht täuschen: Alkies, Junkies – und was es sonst noch für Süchtige gibt – zeigen uns das Trauerspiel einfach am deutlichsten, aber Satans Gift beginnt nicht erst bei Drogen. Die Hexe fragte Edmund: »Was willst du essen?« Und dann gab sie ihm, was er wollte. Hätte er Spiegeleier gewollt, hätte sie ihm diese gegeben. Der Teufel wird jeden mit etwas anderem ködern.

Den römischen Richter Pilatus, der Jesus zum Tode verurteilte, köderte er mit der Aussicht auf Karriere beziehungsweise Karriere-Ende. *»Wenn du diesen Mann nicht verurteilst, wird dein Chef keine Freude haben.«* Dieser kleine Satz war genug. Pilatus sagte: *»Ich bin zwar Richter, aber diese Sache geht mich jetzt nichts mehr an. Wenn ihr ihn töten wollt, dann lass ich ihn halt hinrichten.«*

Er, der eigentlich nie etwas gegen Jesus gehabt hatte, der ihm anfänglich sogar noch helfen wollte, er macht jetzt plötzlich gemeinsame Sache mit den Feinden Jesu. Warum? Er wollte weiterhin »in« sein, vor seiner Clique in Rom nicht das Gesicht verlieren. Mit anderen Worten: Seine Karriere stand auf dem Spiel. Wahrscheinlich hatte Pilatus schon vor vielen Jahren von diesem »Karrierehonig« geschleckt und konnte sich ein Leben ohne ihn nicht mehr vorstellen.

Und so hat der Teufel für jeden von uns genau das »Stück Zucker«, das auf uns zugeschnitten ist. Es muss nicht einmal etwas in sich Böses sein. Ganz gleich was es ist, wenn er uns damit von sich abhängig machen kann, wenn er uns damit dazu bringen kann, dass wir uns sagen: »Wenn ich jetzt auf Gott höre und mich für Jesus entscheide, dann werde ich meinen ›Honig‹ nicht mehr kriegen, und das kann ich unmöglich zulassen«, dann hat er sein Ziel erreicht.

Das ist seine Strategie. Die Strategie des türkischen Honigs. Und weil er fast alle mit diesem Gift infiziert hat, darum gibt es auch so viel Jesus-Kritik in der Welt: *Alles, nur nicht der.* Oder: *Schon o.k., dieser Jesus, aber persönlich will ich nichts mit ihm am Hut haben. Schon gar nicht mit ihm zusammen gegen den Teufel kämpfen, also dann verschwinde ich lieber wieder aus dem himmlischen Land und tue so, als gäbe es das alles gar nicht.*

In der Bibel hat der »türkische Honig« einen Namen, er heißt dort Sünde. Sünde wirkt genauso wie das klebrige Zeug. Sie schmeckt uns gut, macht uns gierig und süchtig, bis uns am Ende schlecht wird von ihr. Aber wir können doch nicht von ihr lassen. Sie verdirbt uns alles und bringt uns letzten Endes den Tod. Es ist eine echt verfluchte Sache mit dieser Sünde!

Sünde. Was ist das eigentlich? Vorhin haben wir gesagt, dass das so ziemlich alles sein kann, angefangen von Drogen bis hin zu einem ungesunden Karrierehunger. Die Bibel bringt die Sündenfrage ziemlich konkret auf den Punkt. An einer Stelle sagt sie:

> *»Was unsere eigensüchtige Natur hervorbringt, ist offensichtlich: Unzucht, Unsittlichkeit und Ausschweifung, Götzendienst und Zauberei, Feindseligkeit, Streit und Eifersucht, Zornausbrüche, Intrigen, Zwistigkeiten und Spaltungen, Neidereien, Sauforgien, Fressgelage und ähnliche Dinge.«*[63]

Wichtig ist hier vor allem der Anfang des Satzes: *Was unsere eigensüchtige Natur hervorbringt ...* Da wird deutlich, was das Wesen der Sünde ist: Man lebt in erster Linie nicht für Gott, sondern für sich selbst.

Aus dieser üblen Wurzel kommen dann alle anderen schlechten Sachen heraus. Hätte Pilatus in erster Linie für Gott gelebt, wäre er bereit gewesen, falls nötig, auf seine Karriere zu verzichten, und hätte nicht einen unschuldigen Menschen umbringen lassen. Aber weil es ihm eben in erster Linie um sich selbst ging, machte ihn die Angst, sein Ansehen und seinen Job zu verlieren, zu einem Feind von Jesus, zu Gottes Feind und zum Verbündeten Satans.

In erster Linie für sich selbst leben. Jesus ist da total dagegen. Der Teufel hingegen klopft uns auf die Schulter und sagt: *Klasse, das ist genau die richtige Einstellung für so eine tolle Frau / so einen tollen Mann wie dich.*

In erster Linie für sich selbst leben. Ja, aber warum denn nicht? Ist das nicht normal, tun das nicht alle?

Alle tun das glücklicherweise nicht, nein. Aber es stimmt: Die wenigsten wissen, dass wir in erster Linie für Gott und für andere leben sollen, dass wir die Aufgabe haben, Gott, unserem Schöpfer, mit unserem Reden und Tun Ehre zu geben.

Jesus erklärte: *»›Liebe Gott, den Herrn, von ganzem Herzen, aus ganzer Seele und mit deinem ganzen Verstand!‹ Das ist das erste und wichtigste Gebot. Ebenso wichtig ist aber das zweite: ›Liebe deinen Mitmenschen, so wie du dich selber liebst!‹«* [64]

Das ist das wichtigste Gebot. Wenn das nicht unser Lebensmotto ist, haben wir bereits vom türkischen Honig gekostet, selbst wenn wir die anständigsten

Bürger sind. Das wichtigste Gebot ist eben nicht, dass wir nicht stehlen und morden sollen, sondern dass unser ganzes Herz Gott und unseren Mitmenschen gehören soll. Und wenn wir mit allem, was wir sind und haben, Gott Freude machen und für unsere Mitmenschen dienend (!) da sein wollen, dann werden wir automatisch tun, was gut und richtig ist.

Wenn das aber nicht unsere Lebenseinstellung ist, dann leben wir in der Sünde. Und dann werden wir ebenso unweigerlich die Dinge tun, die weiter oben in dem »Sündenkatalog« angeführt sind.

Ganz ehrlich: Keinem von uns schmeckt diese Botschaft so richtig. Nicht für sich selbst, sondern für die anderen, oder noch schlimmer, *für Gott* zu leben. Das scheint doch ein wenig extrem. Es reicht doch, so meinen wir, wenn man die anderen, soweit es geht, in Ruhe lässt und versucht, für sich selbst so viel wie möglich aus dem Leben rauszuholen.

Ja, so denken wir. Aber das ist genau der Haken: Wer einmal von der Sünde gegessen hat, kann sich ein Leben ohne sie nicht mehr vorstellen. Sie scheint so süß zu sein, und sie verspricht noch so viel für die Zukunft. Wie könnte man sie jetzt loslassen!

»Eins ist sicher: Jeder, der sündigt, ist ein Gefangener der Sünde«[65], warnte Jesus.

Aber was bringt sie uns wirklich, die Sünde? Was bringt uns denn dieses Leben für uns selbst? Macht es uns wirklich glücklich?

Edmunds Leben entwickelte sich immer mehr zu einem Alptraum. Die Freuden des türkischen Honigs nützten ihm überhaupt nichts.

Lucy, die nichts von dem Honig wusste, sprühte vor Leben und wollte den anderen von den *wunder-*

baren Abenteuern erzählen, die sie erlebt hatte. Doch Edmund fühlte sich elend, er mochte gar nichts erzählen. Etwas trieb ihn dazu, alle anzulügen. Das machte ihn noch einsamer, als er schon war. Mit seiner Lüge hatte er sich selbst ausgeschlossen aus der frohen Gemeinschaft mit den anderen.

Was für die anderen ein geniales Abenteuer wurde, war für ihn von Anfang an eine verhasste Reise. Bei den Bibers genossen alle das geniale Essen, nur ihm wollte nichts mehr schmecken, weil er ständig an seinen blöden Honig denken musste. Auch freuten sich alle über die Botschaft von Aslans baldigem Kommen, ihm aber bereitete es Unbehagen und Furcht. Ja, es trieb ihn sogar hinaus in die Kälte.

Während er sich hungrig, von Zorn und Hass zerfressen, mit klappernden Zähnen allein zum schaurigen Schloss der Hexe kämpfte, hatten die anderen eine einzigartig tolle Zeit. Zwar flüchteten sie vor den Blutwölfen der Hexe, aber sie waren zusammen und auf dem Weg zu dem wunderbaren Aslan.

Hier ist Freude, Wärme, Abenteuer und Zusammensein, doch Edmund, der nichts von Aslan und von Nächstenliebe wissen wollte, kommt fast um vor Hunger und Kälte. Von seiner Herrin schlägt ihm eisige Verachtung entgegen. Keine Spur mehr von süßem Honig und grünen Seidenschleifen. Das steinharte Brot, das sie ihm »gnädig« hinwirft, soll nur dazu dienen, dass er vor seiner Hinrichtung nicht zusammenbricht.

Als Edmund denkt, es könne nicht mehr schlimmer werden, wird er gezwungen, mit ihr auf dem Schlitten zu fahren. Obwohl er noch nicht ahnt, dass es zu seiner eigenen Schlachtung gehen soll, wird die

Fahrt für ihn zu einem einzigen Horrortrip, einem Alptraum, aus dem es kein Erwachen gibt.

Das sind die Freuden des türkischen Honigs. Einen Moment lang wird er uns erfüllen, aber dann zahlen wir den bitteren Preis dafür.

Weil Gott uns liebt, möchte er uns diesen Horror ersparen, deshalb warnt er uns inständig vor der Sünde. Nicht, weil er uns nichts Süßes gönnen würde. Aber Süßes aus der Hand des Teufels, das ist der Tod.

»Es ist die eigene Begehrlichkeit, die den Menschen ködert und einfängt. Wenn jemand ihr nachgibt, wird die Begehrlichkeit gleichsam schwanger und gebiert die Sünde. *Und wenn die Sünde ausgewachsen ist, bringt sie den Tod hervor.*«[66]

Das ist der Genuss, den wir haben, wenn wir uns für ein Leben ohne Jesus, für ein selbstgefälliges Leben in der Sünde entscheiden. Wir haben einen kurzen (eigentlich nur scheinbaren) Genuss, aber in Wahrheit zerstören wir uns das ganze Leben. Wir werden nichts wirklich genießen können, sondern uns selbst das Leben sauer machen.

Die Bibel beschreibt das sehr treffend: *»Als ihr Sklaven der Sünde wart, da wart ihr zwar frei, allerdings nur vom Guten. Und was kam dabei heraus? Bei dem Gedanken daran könnt ihr euch heute nur schämen.«*[67]

Zum Nachdenken:

- Sünde ist, wenn ich für mich selbst lebe anstatt für Gott und für die anderen.
- Die Sünde ist ein gewaltiger Betrug, wie ein Suchtgift macht sie abhängig und unglücklich.

Wirkliche Lebensfreude und Genuss gibt es nur bei Gott.

- Habe ich den Fluch der Sünde schon erkannt?

10 Tiefer Urzauber aus den Zeiten der Dämmerung

»Du kennst den tiefen Urzauber, den der Herr der Herren bei Weltbeginn Narnia auferlegt hat. Du weißt genau, dass jeder Verräter laut Gesetz mir gehört, dass ich das Recht habe, jeden Treubruch zu richten. Ich habe das Recht, zu töten. Du bist der Letzte, der das vergisst.«

Die Weiße Hexe zu Aslan, Der König von Narnia, S. 114

Noch einmal: Es gibt eine unsichtbare Welt. Hinter Gut und Böse stehen Personen, Gott und der Teufel, und mittendrin stehen wir, die Adamssöhne und die Evastöchter. Und da gibt es die Sünde. Eine geheimnisvolle Macht, die uns an den Bösen bindet, die uns Genuss und Freude verspricht, in Wahrheit aber unser Leben kalt und einsam macht. Kalt und einsam.

Langsam verstehen wir mehr, aber wir können Narnia nicht wirklich verstehen, wenn wir nicht den *Urzauber aus den Zeiten der Dämmerung* kennen.

In Narnia geht es nicht um Moral und nicht um magische Rituale. Es geht in der geistlichen Welt nicht um Aberglauben, magische Worte und Hokuspokus. Das ist ganz wichtig. Und doch begegnen wir nun einem »magischen« Gesetz, das die Fundamente des ganzen Lebens bestimmt.

Wenn man dieses Gesetz nicht kennt, kann man nichts wirklich verstehen. Denn dieses unsichtbare Gesetz ist uralt. Am Anfang der Welt wurde es festgelegt, und alles Leben auf der Erde steht unter seinem »Zauber«.

Wie lautet nun der »Zauber«, was ist das tiefe, »magische« Geheimnis, das wir kennen müssen? *Du weißt genau, dass jeder Verräter laut Gesetz mir gehört, dass ich das Recht habe, jeden Treubruch zu richten. Ich habe das Recht, zu töten.*[68]

Warum das so ist? Es wurde vom Schöpfer des Universums so festgelegt, unabänderlich. Es gehört zu den Grundgesetzen dieser Welt, genauso wie die Schwerkraft.

Das können wir nur feststellen, aber schwer darüber urteilen. Weil wir selbst noch nie ein Universum geschaffen haben, können wir ja schlecht darüber zu Gericht sitzen, nach welchen Gesetzen es funktionieren sollte. Wir schaffen es ja nicht einmal, das biologische Gleichgewicht unserer kleinen Erde instand zu halten. Oft sind wir schon mit der »Welt unserer Familie« oder der unseres eigenen Körpers überfordert.

Es sollte also jedem Adamssohn und jeder Evastochter klar sein, dass wir nicht die Kapazität haben, die »tiefen Urzauber« der Grundlegung dieser Welt festzulegen oder in Frage zu stellen. Vielmehr müssen wir sie zur Kenntnis nehmen, damit wir endlich verstehen, worauf es wirklich ankommt im Leben.

Laut diesem Urgesetz gehört jeder Verräter dem Teufel, der die Macht hat zu töten. Die ganze Welt – also auch du und ich – unterliegt diesem unabänderlichen Gesetz.

Jeder Verräter. Wer ist ein Verräter? Wie kann man Gott verraten?

Eine Geschichte aus den »Zeiten der Dämmerung« hilft uns, diese Frage zu beantworten:

Gott machte für den Menschen eine geniale Welt. Er sollte auf dieser Welt alles haben, was sein Herz begehrte. Er sollte sie entdecken, bewirtschaften und bewahren. Er sollte in ihr Liebe finden und Liebe geben und sie mit all seinen Sinnen genießen.

In dieser Welt sollte der Mensch frei sein von Schmerzen und Krankheiten, von Frustration und Stress, ja nicht einmal alt werden und sterben sollte er. Es war genialer, als wir uns überhaupt vorstellen können.

Natürlich wollte Gott Freund und Vertrauter des Menschen bleiben, geradeso wie ein guter Vater mit seinen Kindern das ganze Leben lang eine gute Beziehung wünscht. Das umso mehr, weil Gott wusste, dass Satan neidisch und mit Hass erfüllt versuchen würde, die paradiesische Welt zu zerstören und den Menschen mit Seele und Leib zum Krüppel zu machen. Gott wusste auch, dass der Teufel, als ein engelhaftes Geistwesen, dem Menschen weit überlegen war. Deshalb war es doppelt wichtig, dass der Mensch Gott vertraute.

Es gab nur eine Chance, die wundervolle Welt zu bewahren. Der Mensch musste Gott, seinem Schöpfer und »Vater«, voll und ganz vertrauen. Das war so wichtig, dass Gott dieses Vertrauen an einer ganz bestimmten Sache festmachte. Es wurde dem Menschen verboten, die Frucht von einem bestimmten Baum zu essen.

Nichts wurde durch dieses Verbot für den Menschen wirklich eingeschränkt, es lag ihm immer noch die ganze Welt zu Füßen. Es sollte nur eine Möglichkeit sein, dem uneingeschränkten Vertrauen zu Gott Ausdruck zu geben. Die verbotene Frucht war so etwas wie ein Treue-Abkommen, ein Bundeszeichen zwischen Gott und dem Menschen. Solange die Menschen nicht davon aßen, sagten sie damit: Wir vertrauen unserem Gott und Schöpfer. Was er sagt, halten wir ein, denn es ist sicher richtig. Gott schärfte dem Menschen ein:

> *»Von allen Bäumen im Garten darfst du essen, nur nicht von dem Baum, der dich Gut und Böse erkennen lässt. Sobald du davon isst, musst du sterben!«*[69]

Sobald du davon isst, musst du sterben! Warum? Wegen des »Urzaubers«, der auf der Welt liegt. Bei Treuebruch kommt der Mensch unter die Gewalt Satans, der die Macht des Todes hat.

Und nun wird uns klar, warum der Teufel alles daransetzte, den Menschen dazu zu verleiten, nicht auf Gott zu hören und so das Vertrauen zu verraten. Er dachte: *Dann hab ich ihn, dann kann ihn nicht einmal mehr der allmächtige Gott aus meiner Hand reißen!*

Für die Kinder war es ein Schock, als sie von diesem »Urzauber« erfuhren. Wie schädlich Sünde war, ja, dass sie sogar tödlich enden konnte, das hatten sie schon gesehen. Aber dass die Welt einem tiefen unauflösbaren »Zauber« unterliegt, der es anscheinend sogar Aslan unmöglich machte, Edmund zu befreien, das saß tief.

> *»Denn die Sünde wird mit dem Tod bezahlt.«*[70]

> *»Die Macht des Todes kommt von der Sünde.*
> *Die Sünde aber hat ihre Kraft aus dem Gesetz.«*[71]

Dieses *Gesetz* kann nicht aufgehoben werden. Jeder Verräter – und Sünde ist immer Verrat an Gott – gehört dem, der die *Macht des Todes* hat, Satan. Und für einen Moment lang sieht es so aus, als ob er der Gewinner wäre – als ob die Weiße Hexe die Oberhand behielte. Natürlich könnte Aslan sie zerstampfen, doch was würde dann aus Edmund? Was würde dann aus Narnia? »Es würde von Feuer und Wasser verzehrt und untergehen, wenn ich kein Blut habe, nach dem Geheiß des Gesetzes«[72], prahlte die Hexe.

Das ist also der Grund für ihre Macht: der »Urzauber«, das Gesetz. Darum ist immer Winter, darum kann sie Narnias Geschöpfe versteinern, und darum ist Edmund dem Tod geweiht.

Zum Nachdenken:

- Das ist die furchtbare Wahrheit: Durch ein unauflösbares Gesetz kommt jeder, der sündigt, unter die Gewalt Satans, des Herrn des Todes.
- Niemals können wir uns aus eigener Kraft von diesem Fluch befreien.
- Wenn nicht einmal Gott das Gesetz auflösen kann, wie kann es dann noch Rettung für uns geben?

11 Weihnachten – der Zauber bricht

»Oh, kann uns denn keiner helfen?«, wehklagte Lucy.
»Niemand als Aslan«, sagte der Biber. »Er ist unsere einzige Hoffnung.«

Der König von Narnia, S. 71

»Er wird dir den Kopf zertreten.«

1.Mose 3,15

Es war ja schon fast ein Wunder, dass Edmund endlich seinen Fehler bemerkte. Und es musste sehr weit kommen, bis er endlich einsah, dass die anderen die Guten waren und nicht er, und dass seine Herrin mit ihrem verlogenen Zuckerbrot wirklich eine schreckliche Hexe war. Doch nun schien ihm diese Einsicht nichts mehr zu nützen. Es gab kaum mehr Hoffnung auf ein Entrinnen.

Es sah finster aus, als der Mensch sich dazu hinreißen ließ, Gott die Treue zu brechen. Da floss das Gift des Teufels in ihn hinein, und – noch schlimmer – er kam durch ein unentrinnbares Gesetz unter seine Gewalt. Und das waren die unausweichlichen Folgen:

> *»Dein Leben lang wirst du hart arbeiten müssen, damit du dich von seinem Ertrag [des Bodens] ernähren kannst. Viel Mühe und Schweiß wird es dich kosten. Zuletzt aber wirst du wieder zur Erde zurückkehren, von der du genommen bist. Staub von der Erde bist du, und zu Staub musst du wieder werden!«*[73]

So sieht die Wirklichkeit aus. Auch wenn im Fernsehen alles schön farbig ist, auch wenn dort die Adamssöhne und Evastöchter immer knackig und jung sind: Das Leben ist ein mühsamer Kampf, und am Ende – grausam, eiskalt – der Tod.

Und danach? Die Antwort gibt uns das Gesetz des »Urzaubers«. *Jeder Verräter gehört laut Gesetz mir.* – Wenn wir hier dem Teufel gehört haben, werden wir ihm auch nach dem Tod gehören. Daran gibt es keinen Zweifel. So bestätigt es auch die Bibel, das Wort Gottes:

> *»Furchtbar aber wird es denen ergehen, die mich feige verleugneten und von mir abgefallen sind, den Mördern und Ehebrechern, allen, die okkulte Praktiken ausüben und sich ihre Götzen und Idole geschaffen haben, den Lügnern und Betrügern. Sie alle werden in den See aus Feuer und Schwefel geworfen. Das ist der zweite Tod, der für immer von Gott trennt.«*[74]

Edmunds Horrortrip auf dem Schlitten der Hexe wäre also nur ein Vorgeschmack gewesen von dem *ewigen Alptraum*, aus dem es kein Erwachen gibt. Nicht auszudenken!

Doch, Gott sei Dank, so schlimm soll es nicht kommen! Die wunderbaren Kreaturen Narnias sollten nicht ewig Steinfiguren bleiben, es sollte nicht immer Winter bleiben, und Ed sollte gerettet werden.

Als die Menschen die Katastrophe realisierten, die durch ihren Ungehorsam gegenüber Gottes Gebot über sie hereingebrochen war, machte ihnen Gott sofort Hoffnung. Er sagte: Einst wird ein Nachkomme der Frau dem Teufel den Kopf zertreten und sie aus seiner Herrschaft befreien.

Adam glaubte diesem Versprechen und gab seiner Frau deshalb den Namen Eva. »Eva« bedeutet »Leben«. Sie würde also nicht die Mutter der Todgeweihten, sondern die Mutter der Lebenden werden. Von ihr würde ja der kommen, der das Leben, das sie verspielt hatten, wieder zurückbringen würde.

Er wird dem Teufel den Kopf zertreten. Mit dieser Hoffnung gingen die Menschen in den langen Winter, und nie gaben sie diese Hoffnung auf. Sie erzählten es ihren Kindern weiter und formten das Geheimnis in Sprichwörter und Lieder.

»Das Krumme wird gerad, sobald Aslan naht!
Beim Klang seiner Stimme verweht alles Schlimme.
Entblößt er die Zähne und schüttelt die Mähne,
wird Winter vergehn und Frühling erstehn.«

Wie der versprochene Befreier sie von dem Gesetz, dem unauflöslichen »Urzauber«, befreien konnte, war nicht allen immer völlig klar. Aber trotzdem hofften sie in kindlichem Vertrauen auf ihn, geradeso wie Herr und Frau Biber. Und je länger die eisige Winterzeit dauerte, umso mehr verriet Gott über diesen Retter:

»Aber die Zeit der Finsternis und der Hoffnungslosigkeit wird einmal ein Ende haben.
Das Volk, das im Finstern lebt, sieht ein großes Licht; hell strahlt es auf über denen, die ohne Hoffnung sind. Denn uns ist ein Kind geboren! Ein Sohn ist uns geschenkt! Er wird die Herrschaft

übernehmen. Man nennt ihn ›Wunderbarer Ratgeber‹, ›Starker Gott‹, ›Ewiger Vater‹, ›Friedensfürst‹. Er wird seine Herrschaft weit ausdehnen und dauerhaften Frieden bringen.
Gerechtigkeit und Treue werden sein ganzes Handeln bestimmen. Dann werden Wolf und Lamm friedlich beieinander wohnen, der Leopard wird beim Ziegenböckchen liegen. Kälber, Rinder und junge Löwen weiden zusammen, ein kleiner Junge kann sie hüten.
Unbeirrbar sagt er allen, was wahr und richtig ist. Er selbst wird nicht müde, nie verliert er den Mut, bis er auf der ganzen Erde für Recht gesorgt hat. Schon lange warten die Bewohner der Inseln und der fernen Küsten auf seine Weisung.
Du wirst den Völkern zeigen, was ich von ihnen will, ja, für alle Völker mache ich dich zu einem Licht, das ihnen den Weg zu mir zeigt. Den Blinden sollst du das Augenlicht geben und die Gefangenen aus ihren Zellen holen. Alle, die in Finsternis sitzen, sollst du aus ihrer Gefangenschaft befreien.«[75]

Das waren die ersten »Weihnachtsbotschaften«, die man zu hören bekam. Es bleibt nicht immer dunkel, es wird wieder Frühling werden, wenn ER kommt, der versprochene Nachkomme der Frau, der Sohn. Er wird dann endlich wieder die Herrschaft übernehmen.

Er ist nicht einfach ein Mensch, sondern der *Starke Gott* selbst. Und wenn er dem Teufel die Herrschaft aus den Händen schlagen wird, dann wird die ganze Schöpfung wieder aufatmen, dann wird das Goldene Zeitalter wieder anbrechen, und Tage der Heilung und der Freude werden dann kommen.

Und so geschah es tatsächlich. Als Jesus geboren wurde, fing der »Zauber« an zu brechen. Es setzte ein übernatürlich kräftiges »Tauwetter« ein, wie in Narnia. Da waren plötzlich Hirten und Intellektuelle vereint und hatten *große Freude*, weil sie wussten, dass die große Befreiung bald für alle da sein würde.[76]

Und dann, als Jesus etwa dreißig Jahre alt war, ging es erst so richtig los. Jesus rief das Jubeljahr aus, das allen Schulderlass und Befreiung bringen sollte.[77] Menschen hörten die gute Nachricht, dass auch die Armen und Kranken für Gott wichtig sind und er sich um sie kümmern will.

Aber es blieb nicht nur bei Worten, Jesus umarmte und heilte Leprakranke, die von der Gesellschaft ausgestoßen waren. Blinde und Lahme, die nur ein trauriges Bettlerdasein fristen konnten, heilte er. Da war plötzlich ein Tanzen und Hüpfen. Die Leute waren ganz aus dem Häuschen vor lauter Freude.

Jesus setzte kurzerhand all die nicht auflösbaren Gesetze des Todes außer Kraft. Einmal beendete er abrupt eine Beerdigung. Als er sah, wie eine verzweifelte Witwe ihren einzigen Sohn zu Grabe tragen musste, ging er hin und sagte zu dem Toten: »Du junger Mann, ich befehle dir: Steh auf!«[78] Und zum Schrecken aller erwachte der Tote zu neuem Leben.

Eine nie gekannte Frühlingsluft wehte damals durch die Städte und Dörfer Israels. *»Blinde sehen, Gelähmte gehen, Leprakranke werden geheilt, Taube hören, Tote werden wieder lebendig, und den Armen wird die frohe Botschaft verkündet.«*[79] – Es war unglaublich!

In dieser einzigartigen Atmosphäre wurden Menschen auch innerlich tief verändert. Abgebrühte

Mafiosi und ausgelaugte Prostituierte begegneten in Jesus der Liebe Gottes und wurden frei von zerstörerischen Gebundenheiten.

In kürzester Zeit hatte sich das »Tauwetter« in alle Städte ausgeweitet, und Menschen, die gestern noch nicht einmal miteinander geredet hätten, wurden zusammengeschweißt zu einer Volksbewegung der Vergebung und der Liebe. Gerechtigkeit wurde wiederhergestellt.

Die Macht der Hexe schien zu brechen – doch was war mit dem »Urzauber«? Immer noch konnte sie ihr Todeszepter schwingen. Schon machte sie der ersten Frühlingsfeier ein jähes Ende, und Edmund war nach wie vor in ihren Klauen.

Doch dem taute es wenigstens im Herzen – zum ersten Mal bedauerte er nicht nur sich selbst, sondern hatte auch Mitleid mit anderen, als er den Fuchs und die Eichhörnchen-Familie zu Stein erstarren sah.

Zum Nachdenken:

- Frühling – bin ich reif für dieses Erwachen?
- Der Frühling kommt, wenn Jesus naht.
- Die Welt wartet auf die endgültige Rückkehr des Frühlings, doch wer will, kann ihn jetzt schon erleben.

12 Noch tieferer Zauber aus der Dämmerung

»Bitte, Aslan«, bat Lucy, »kann man Edmund retten?«
»Es soll alles getan werden«, antwortete Aslan. »Doch es wird schwerer sein, als ihr denkt.«

Der König von Narnia, S. 102-103

Ihre Kenntnis reicht nur bis zum Anfang der Zeit; hätte sie ein wenig weiter dahinter schauen können, in das Schweigen und in die Finsternis vor der Zeiten der Dämmerung, dann hätte sie den anderen Zauberbann erspäht und hätte erkannt: Wenn sich einer, der nichts verbrochen hat, freiwillig für einen Schuldigen opfert, dann bricht der Steintisch entzwei, und der Tod weicht zurück.

Aslan zu Suse und Lucy, Der König von Narnia, S. 131

Der Frühling von Narnia schien am Abend nur noch ein schöner Traum gewesen zu sein. Jadis kann auf das Gesetz pochen, das bei der Grundlegung der Welt in den Steintisch eingeritzt wurde, und es sieht so aus, dass selbst der mächtige Aslan klein beigeben muss.

Doch dann wagt der Löwe einen Schritt, der niemandem auch nur im Traum eingefallen wäre. Er ist bereit, sich an Edmunds Stelle auf dem sakralen Steintisch hinrichten zu lassen.

Der große herrliche Löwe ist bereit, für den kleinen selbstsüchtigen Edmund zu sterben; für den Edmund, der noch vor einem Tag tiefen Hass empfunden hatte, wenn er nur Aslans Namen hörte; für den Edmund, der Aslan großspurig verspottet und von Herzen gewünscht hat, er wäre versteinert worden.

Nun wollte Aslan das Elend, das sich dieser Edmund aus eigener Schuld eingebrockt hatte, selbst bezahlen. Und er wusste, was das bedeutete: Ganz allein begab er sich in die Hände seiner Feindin, die ihn mordlustig mit ihrem Frankenstein-Kabinett erwartete. Grölend und johlend wälzte die Bande den königlichen Löwen zu Boden und fesselte seine Pfoten, dass es ihm das Fleisch durchschnitt. Dann schändeten sie ihn: Sie schoren seine Mähne und verspotteten ihn nach allen Kräften. »Der Narr! Der Narr! Zu guter Letzt ist er bloß eine große Katze! Und vor der haben wir uns gefürchtet.«[80]

Sie legten ihm einen Maulkorb an. Im schaurigen Fackellicht zückte dann die totenblasse Hexe das Messer aus Stein. Ihr blutrünstiges Gesicht zuckte krampfhaft und war vor Wut verzerrt. Ehe sie zum entscheidenden Schlag anhob, schrie sie mit bebender Stimme: »Wer ist nun obenauf? Hast du, mit all deinem Getue, geglaubt, dass du den verräterischen Menschen retten kannst? Nun hast du zu sterben, so wie wir abgemacht haben, auf dass der Urzauber befriedigt werde. Aber wenn du erst einmal tot bist, wer will mich hindern, auch ihn umzubringen? Begreifst du, dass du mir Narnia für immer ausgeliefert hast? Dein eigenes Leben hast du verloren und seines nicht gerettet. In diesem Bewusstsein magst du verzweifeln und sterben.«[81]

> *»Doch er wurde blutig geschlagen, weil wir Gott die Treue gebrochen hatten; wegen unserer Sünden wurde er durchbohrt.«*[82]

Es war vorhergesagt, dass Jesus diesen Weg gehen würde, um uns zu retten. Schon ganz am Anfang, als Gott gesagt hatte, dass der Befreier dem Teufel den Kopf zertreten würde, wurde klar, dass ihm selbst das den Tod bringen würde. Es hieß: *»Er wird dir den Kopf zertreten, und du wirst ihn in die Ferse beißen!«*[83]

Jesus wusste das. Er wusste, dass die Sünde mit dem Tod bezahlt werden musste. Er wusste, dass kein Weg daran vorbeiführte. Deshalb war er in der Nacht, bevor er zum Kreuz musste, in tiefster Agonie. Die Bibel berichtet: *»Tiefe Mutlosigkeit und Angst überfielen Jesus, und er sagte zu ihnen* (seinen engsten Freunden)*: ›Ich zerbreche beinahe unter der Last, die ich zu tragen habe. Bleibt bei mir und lasst mich nicht allein.‹«*[84]

Auch im Spiegelbild Narnia sehen wir, wie sich Aslans Schwermut am Abend vor seiner Opferung auf all seine Getreuen überträgt. Der Starke, der Leben und Kraft ist, wird ganz schwach und ist froh um die Mädchen, die ihn lieben, ihre Hände auf ihn legen und ihn stärken.

Und dann sehen wir, wie es Lucy und Suse das Herz bricht, als sie mit ansehen müssen, wie ihr Aslan von diesen Feiglingen gequält, verspottet und umgebracht wird. »Warum?«, schreit es in ihnen. – Auch in der wirklichen Welt waren es Frauen, die bei Jesus am »Opfertisch«, dem Kreuz, wachten und bis zum Ende weinend bei ihm blieben.

Und dann war er tot. Der Fürst des Lebens war tot. Das Böse hatte triumphiert. Wirklich?

Nein, denn nun kam der »tiefere Urzauber« ins Spiel, der schon vor der Grundlegung der Welt in Kraft gesetzt wurde: »Wenn sich einer, der nichts verbrochen hat, freiwillig für einen Schuldigen opfert, dann bricht der Steintisch entzwei, und der Tod weicht zurück.« – *Einer der nichts verbrochen hat.* Von allen Menschen war Jesus der einzige ohne Sünde. Und weil er nicht nur ein Mensch, sondern der *»Starke Gott«* und *»Ewige Vater«* selbst war, konnte er die Schuld der ganzen Welt auf sich nehmen.

Der Steintisch war leer! Aslan war auferstanden! Er hatte den Tod besiegt und den ersten »Urzauber« durchbrochen! – Für einen Moment hielten sich Glück und Schreck die Waage, aber dann jubelten die Mädchen: Aslan lebt, der Steintisch ist zerbrochen!

Wir werden hier an Maria Magdalena erinnert, die am frühen Sonntagmorgen zum Grab Jesu ging, um seinen Leichnam einzubalsamieren. Sie fand den großen Stein vor dem Grab weggerollt und die Felsengruft leer! Schon weinte sie, wie Lucy, dass jemand den Leib ihres geliebten Meisters gestohlen habe, da stand Jesus plötzlich vor ihr.

»Noch mehr Zauber? Jawohl, ein noch tieferer.«[85]

Gott hatte vorhergesagt, dass der Befreier an unserer Stelle sterben wird, aber er hatte auch gesagt, dass er nach seinem Opfertod wieder aus den Toten auferstehen wird:

»Weil er sein Leben als Opfer für die Schuld der anderen dahingab, wird er wieder zum Leben erweckt und wird Nachkommen haben. Durch ihn wird der HERR das Werk vollbringen, an dem er Freude hat«[86], sagte der Prophet Jesaja voraus.

Jesus wusste um das alles. Vertrauensvoll betete er: *»Du wirst mich nicht dem Tod und der Verwesung* *überlassen.«*[87] Das machte ihn dazu bereit, ans Kreuz zu gehen. Voller Gewissheit sagte er seine Auferstehung voraus: »In Jerusalem werden mich die Führer des Volkes, die Hohenpriester und Schriftgelehrten foltern und töten. *Aber drei Tage später werde ich auferstehen und leben.«*[88]

Und so geschah es auch. Zuerst sahen ihn die Frauen, die am Kreuz mit ihm ausgeharrt hatten, und dann zeigte er sich auch den »Jungs«, seinen Aposteln – den Männern, die dann das Neue Testament geschrieben haben.

Als sich diese zuerst fragten, ob sie halluzinierten oder ein Gespenst sähen, antwortete er ihnen – wie ich annehme – mit frohem Lachen: *»›Warum habt ihr Angst? Wieso zweifelt ihr daran, dass ich es bin? Seht doch die Wunden an meinen Händen und Füßen! Ich bin es wirklich. Hier, fasst mich an und überzeugt euch, dass ich kein Geist bin. Geister sind doch nicht aus Fleisch und Blut.‹*

Und er zeigte ihnen seine Hände und Füße. Aber vor lauter Freude konnten sie es noch immer nicht fassen, dass Jesus vor ihnen stand. Endlich fragte er sie: ›Habt ihr etwas zu essen hier?‹ Sie brachten ihm ein Stück gebratenen Fisch, den er vor ihren Augen aß.«[89]

Er war wirklich leibhaftig auferstanden und hatte den Tod besiegt!

Obwohl Gott dies deutlich vorausgesagt hatte, waren der Teufel und die Dämonen blind dafür und dachten, genauso wie die Hexe in Narnia, sie könnten jetzt diesen Jesus, diesen Sohn Gottes, ein für alle Mal beseitigen. Sie lachten ihn aus für seine Menschenliebe und seine Bereitschaft, für Leute wie Edmund zu sterben. Als er am Kreuz hing, schrien sie:

»Du Narr, andere hast du gerettet, aber selbst kannst du dich nicht retten.«[90]

Aber die Bösen hatten die Rechnung ohne den Wirt gemacht. Mit seinem Tod hat Jesus den »Urzauber gebrochen«. Satan kann nicht mehr auf dieses Gesetz pochen, um die Menschen für sich zu beanspruchen. Und mit seiner Auferstehung hat Jesus bewiesen, dass die Macht Satans für immer gebrochen ist.

> *»Christus ist nun auch ein Mensch geworden wie wir, damit er durch seinen Tod dem Satan – als dem Herrscher des Todes – die Macht entreißen konnte. So hat er alle befreit, die aus Furcht vor dem Tod ihr ganzes Leben hindurch Gefangene des Satans waren.«*[91]

Jesus hat auch mit seiner Auferstehung ein Zeichen gesetzt. Alle, die an ihn glauben, werden den Tod ebenso besiegen. Er verspricht: *»Ich bin die Auferstehung, und ich bin das Leben. Wer an mich glaubt, der wird leben, selbst wenn er stirbt.«*[92]

Jesus ist nur der Erste der Auferstehung. Er selbst wird all die »Versteinerten« anhauchen und zu neuem Leben erwecken. Jesus ist der siegreiche »Löwe«, der das »Schloss der Hexe« plündert und ihre »Gefangenen« befreit.

Zum Nachdenken:

- Sünde muss mit dem Tod bezahlt werden und gibt deshalb dem Teufel Macht, über uns zu herrschen.

- Jesus bezahlte an unserer Stelle – durch seinen Tod und seine Auferstehung hat er den Tod besiegt.
- Wer sich auf seine Seite stellt, wird den Sieg mit ihm teilen.
- Werde ich auf diese Tatsachen reagieren?

13 Edmund – der Gerechte

Edmund war ernster und ruhiger als Peter, gewichtig im Rate, ein weiser Richter, und wurde Edmund der Gerechte genannt.

Der König von Narnia, S. 148

Sucht den HERRN, jetzt ist er zu finden! Ruft ihn, jetzt ist er nahe! Wer seine eigenen Wege gegangen ist und sich gegen den HERRN aufgelehnt hat, der lasse von seinen bösen Gedanken und kehre um zu dem HERRN, damit er ihm vergibt! Denn unser Gott ist reich an Güte und Erbarmen.

Jesaja 55,6-7

Man kann es fast nicht glauben, dass hier immer noch vom selben Edmund die Rede ist. Dieser eigensinnige Bengel. Der gemeine Kerl, der nur an sich dachte, der sich *immer ekelhaft gegenüber Jüngeren benahm* und seiner Schwester, die ihm nichts getan hatte, *hässlich* in den Rücken fiel. Wie konnte diese Verwandlung geschehen? Was hatte Edmund so verändert?

Wir erinnern uns daran, dass Edmund schlimmste Demütigungen von der Hexe einstecken musste und wie er in diesem Leiden plötzlich anfing, auch ein wenig Mitleid mit anderen zu haben. Schon musste er der Todesherrin ins Auge blicken, die bereits das steinerne Messer zu seiner Schlachtung schliff. Da, in letzter Sekunde, kam seine Befreiung.

Der nächste Tag war dann für ihn wahrscheinlich der unangenehmste seines Lebens. Er musste seinen Geschwistern gegenübertreten, die er verraten hatte. Schlimmer noch: Er musste Aslan begegnen, vor dem sich selbst diejenigen fürchteten, die nichts Böses getan hatten. Und er hatte ihn gehasst und verspottet, sich mit seiner Feindin eingelassen und buchstäblich alles gemacht, was in seinen Augen verwerflich ist! Das Herz muss ihm bis zum Hals geklopft haben.

Doch dann sehen wir, wie Edmund mit dem großen Löwen im taufrischen Gras auf- und abspaziert, ganz allein. Niemand kann hören, was sie miteinander besprechen. Aber als sie wiederkommen, sagt Aslan, dass alles völlig geklärt sei und man nie mehr darüber zu reden brauche. Edmund schüttelt jedem einzelnen seiner Geschwister die Hand und bittet sie um Vergebung: »Es tut mir Leid, verzeiht mir!«

Dann kommt die Hexe und fordert seine Seele. Doch zum Erstaunen aller bleibt Edmund, der bis jetzt immer so sehr auf sich selbst bedacht war, ganz ruhig. Er blickt nur immer zu Aslan. Er weiß, dass der Löwe ihm vergeben hat und ihn vor dieser Dämonin retten wird.

Ob er damals schon wusste, dass Aslan für ihn auf den Steintisch gehen würde? Wir wissen es nicht, doch jedenfalls wusste er das nachher.

Das war es, das alles machte aus Edmund, dem Bösen – Edmund, den Gerechten.

Woher können wir heute wissen, dass Jesus wirklich lebt und uns die Sünden vergeben kann? Vor allem deshalb, weil er Menschen von Grund auf verändert. Was Edmund erlebt hat, erleben Menschen in allen Völkern und auf allen Erdteilen, seit 2000 Jahren bis zum heutigen Tag.

Wer seine Schuld einsieht und Jesus persönlich begegnet, wer Jesu Liebe und Vergebung kennen lernt und erkennt, dass Jesus den Preis der ganzen Schuld am Kreuz von Golgatha schon längst bezahlt hat, der wird ein neuer Mensch.

Edmund liebte niemanden außer sich selbst. Erst als er selbst am eigenen Leib die bittere Grausamkeit der Hexenherrschaft zu spüren bekam, erweichte sein Herz. Und erst als er Aslan persönlich kennen lernte – den starken Herrscher, der in keiner Weise selbstbezogen war, sondern seine ganze Macht von der tiefen Liebe zu den anderen bestimmen ließ –, konnte er frei werden von seiner Selbstsucht. Als er sah, wie der mächtige Löwe sogar einen wie ihn liebte, da wurde sein Herz geheilt.

Aber Edmund wurde nicht nur frei – er wurde mehr, als sich irgendjemand vorstellen konnte. Nach seiner Umkehr entwickelte er sich zu einem ernsten, ruhigen Richter, der anderen half und weise Ratschläge gab. Ja, er fing sogar an, dem einzigartigen Aslan selbst zu gleichen. Was für eine Charakter-Karriere!

»Denn in der Person Jesu Christi ist jetzt Gottes Barmherzigkeit sichtbar geworden, mit der er alle Menschen retten will. Sie bringt uns dazu, dass wir uns von aller Gottlosigkeit, allen selbstsüchtigen Wünschen trennen, dafür aber besonnen und rechtschaffen leben, so wie es Gott gefällt«[93] – so beschreibt die Bibel das Wunder, das in Edmund geschah.

Gottes Gnade verändert uns. Besser gesagt: Gottes Gnade verändert *den Menschen, der sie wirklich von Herzen erkennt.*

Jesus starb ja für alle. In gewisser Weise hat er uns schon längst vergeben, als er bereit war, für uns zu sterben, ohne dass wir ihn darum gebeten hätten. Als er bereit war, sich an unserer Stelle bis auf die Knochen auspeitschen zu lassen, sich Nägel durch Hände und Füße schlagen zu lassen und sich, nackt und mit einer Krone aus zentimeterlangen Dornen gekrönt, von der Menge verspotten zu lassen, da brannte in ihm schon eine tiefe Liebe für uns »Edmunds«. Lange bevor wir auch nur einen Funken von Reue für unser selbstgefälliges Leben verspürten.

> *»Gott aber hat uns seine große Liebe gerade dadurch bewiesen, dass Christus für uns starb, als wir noch Sünder waren.«*[94]

Warum tat Aslan das für Edmund? Weil er Edmund trotz allem liebte und weil er in ihm eben nicht einfach nur einen »Fratz«, einen »Dummkopf« oder ein »ekelhaftes Menschengeschöpf« sah. Er sah in Edmund gerade diesen weisen Richter, diesen wertvollen Menschen, der einmal vielen anderen helfen und die Narnianer an Aslan selbst erinnern würde.

Jetzt war Edmund verstrickt in Sünde, und er sah mit seinem honigverschmierten Mund nicht gut aus, aber Aslan wusste, dass er davon befreit werden könnte.

Das ist Gottes Liebe, die uns in Jesus Christus begegnet. Gott sieht in uns, durch allen Schmutz hindurch, Diamanten, unendlich wertvolle Menschenseelen. Der Teufel sieht nur unsere Schlechtigkeit und hasst uns. Nicht so Jesus: Er weiß, dass seine Liebe und seine Vergebung uns total verändern können. Gott sieht mich auf eine Weise, die ich mir nicht einmal träumen kann! Viel schöner als Miss World und

Mister Universum zusammen. Darum war er bereit, den höchsten Preis für mich zu zahlen, damit ich nicht im Schmutz für immer verloren gehen muss.

Nun liegt es an uns. Jesus hatte offene Arme für jeden von uns. Am Kreuz floss sein Blut für alle, aber wir müssen diese Gnade und Vergebung annehmen.

Um im Bild von Narnia zu bleiben: Edmund hätte nach seiner Befreiung Aslan ins Gesicht spucken und sagen können: »Ich brauche deine Gnade nicht!«, und zu seinen Geschwistern gewandt: »Und eure milde Vergebung schon gar nicht, ihr frommen Heuchler!«

Aslan hätte seine Entscheidung traurig akzeptiert, und Edmund wäre in seiner ganzen Bosheit mit der Hexe ins Verderben gestürzt – trotz Aslans Gnade und Vergebung.

Diese Freiheit haben wir. Gott liebt uns. Er gab Jesus, seinen einzigartigen Sohn, um uns von dem »Urzauber des Gesetzes« loszukaufen, um uns von der Sünde zu befreien, damit wir echte Kinder Gottes werden können, neue Menschen, die nun nicht mehr für sich selbst, sondern für Gott und die Mitmenschen leben. Aber wir können Gottes ausgestreckte Hand ausschlagen. Das macht die Bibel unmissverständlich klar.

> *»Gott hat die Menschen so sehr geliebt, dass er seinen einzigen Sohn hergab. Nun werden alle, die sich auf den Sohn Gottes verlassen, nicht zugrunde gehen, sondern ewig leben.*
> *Gott sandte seinen Sohn nicht in die Welt, um die Menschen zu verurteilen, sondern um sie zu retten. Wer sich an den Sohn Gottes hält, wird nicht verurteilt. Wer sich aber nicht an ihn hält, ist schon*

verurteilt, weil er Gottes einzigen Sohn nicht angenommen hat.«[95]

Wer sich aber nicht an ihn hält, ist schon verurteilt, weil Jesus der Einzige ist, der uns von dem Fluch des Gesetzes befreien kann.

Aber warum sollten wir Jesus nicht vertrauen, warum sollten wir uns nicht zu ihm halten? Gibt es auch nur einen vernünftigen Grund dafür?

Andererseits: Was bringt uns ein Leben, in dem wir krampfhaft versuchen, uns selbst glücklich zu machen, in dem wir ständig an uns denken und unsere eigenen Wege gehen? So ein Leben wird mehr und mehr zu einem nie aufhörenden Winter. Es führt zu Enttäuschungen und Hoffnungslosigkeit.

Wie viel schöner ist es, »Aslans Frühling« im eigenen Herzen zu erleben. Und ein neuer Mensch zu werden. Das ist möglich! Ganz echt, kein Märchen! Ich selbst habe das erlebt und unzählige andere Menschen, unter ihnen auch C.S. Lewis, der Schöpfer von Narnia.

Wie es geschehen kann? Das Einzige, was du tun musst, ist einsehen, was Edmund einsah:

Ein selbstbezogenes Leben, das man nicht für Gott und nach den Maßstäben der Nächstenliebe lebt, ist Sünde und macht Gott traurig. Niemand außer Jesus kann uns aus dem Strudel der Sünde befreien.

Wenn du glaubst, dass er am Kreuz all deine Schuld bezahlt hat, dann kannst du zu ihm kommen und sagen:

»Es tut mir Leid. Danke, dass du für mich gestorben bist. Bitte vergib mir meine Schuld, nimm sie mir weg und rette mich. Rette mich vor dem Teu-

fel, vor der Sünde und vor meinem eigenen Ego. Ich will mich zu dir halten. Ich will von jetzt an ein Leben führen, das Gott Freude macht.«

Wenn du das tust, dann wirst du Jesus erfahren. »Narnias Frühling« wird in deinem Herzen zum Leben erwachen. Du wirst Gottes Gnade erfahren, die dich verändert.

Natürlich: Es sollte sich von selbst verstehen, dass so ein Gebet nur der Anfang ist von einem ganz neuen Leben. Immer wieder gibt es Leute, die meinen, so ein »Bekehrungs-Gebet« sei so etwas wie eine Zauberformel. »Magische Worte«, die uns in den Himmel bringen, auch wenn wir dann trotzdem so weiterleben, wie es uns passt.

Das ist natürlich Unsinn und funktioniert nicht! Man muss das, was man betet, schon *von Herzen einsehen*; und wenn man das tut, wird man fortan bitten: *»Jesus, ich möchte nicht meinen Willen tun, sondern Gottes Willen. Hilf mir, dass ich ihn erkenne! Und wenn ich etwas will, was dir nicht gefällt, dann zeig mir das und hilf mir, dass ich es loslasse.«*

Alles klar? Dann ist es Zeit, sich zu entscheiden! Jesus wartet schon sehr lange auf dich. Er kennt dich länger, als du denken kannst. Er liebt dich und wünscht sich so sehr, dich ganz frei zu machen von allem Ballast, den du mit dir rumschleppst.

Zum Nachdenken:

- Ist mir klar, dass Gott in seiner Liebe selbst im Schmutzigsten von uns eine unendlich wertvolle Seele sieht?

- Auf welche Weise will mich Gottes Gnade verändern?
- Habe ich mein Leben, mitsamt meiner ganzen Schuld, Jesus anvertraut? Wenn nicht: Was hält mich davon ab?

14 Evastöchter und Adamssöhne

Sitzt einst auf Feenedens Thron
von Fleisch und Blut ein Adamssohn,
vorbei ist's mit der Teufelsbrut,
und alle Übel werden gut.

Der König von Narnia, S. 67

Dann sagte Aslan: »Wer einmal König in Narnia wurde, bleibt König für alle Zeiten. Vergesst das nie und haltet es hoch in Ehren, ihr Söhne Adams und ihr Töchter Evas!«

Der König von Narnia, S. 147

Was ist nun das Ziel der Geschichte? Dass Peter, Suse, Edmund und Lucy Könige und Königinnen werden!

Vier unwichtige Kinder, die Frau Macready nur im Haus stören, sind in Wahrheit dazu vorherbestimmt, das Königreich Narnia zu regieren, ihm Befreiung von allem Bösen und Frieden und Wohlstand zu bringen. Das ist eine gute Geschichte!

Und das ist auch unsere wirkliche Geschichte, unsere wahre Bestimmung. Wir sind nämlich *Evastöchter* und *Adamssöhne*.

Diese Bezeichnung fanden die Kinder seltsam, doch für die Narnianer war sie die größte Selbstverständlichkeit. Wir sollten von ihnen lernen. Denn wenn wir nicht wissen, wer wir sind, sind wir nicht in der Lage, die richtigen Entscheidungen zu treffen. Die Welt befindet sich in dem gegenwärtigen Chaos, gerade weil wir vergessen haben, dass wir Nachkommen Adams und Evas sind.

Die Narnianer wussten: Diese Kinder sind nicht einfach irgendwelche Kinder, die nur in der Welt sind, um ein wenig zu spielen. Nein, ob gut oder böse, sie wussten, diese Kinder haben eine göttliche Bestimmung: *Sitzt einst auf Feenedens Thron von Fleisch und Blut ein Adamssohn, vorbei ist's mit der Teufelsbrut, und alle Übel werden gut.*

Deshalb waren sie für die Hexe überhaupt nicht harmlos, sondern ihre erklärten Erzfeinde. Sie wusste: *Wenn ein Mensch auf dem Thron sitzt, dann ist es aus mit mir.*

Aber sie wusste auch, dass ein Adamssohn leicht zu verführen ist, weil in ihm dasselbe Blut fließt wie in seinem Stammvater, der sich ja auch betrügen ließ. Und so versuchte sie es bei Ed mit derselben alten Masche: ein bisschen Honig ums Maul schmieren, seine Schönheit und Intelligenz loben, ihm die Befriedigung einiger körperlicher Bedürfnisse gewähren und das Versprechen geben, dass er König wird, wenn er weiterhin auf sie hört.

Das lügenhafte Versprechen war eigentlich ein Witz, denn Edmund war ja sowieso dazu bestimmt, ein König zu werden! Das Problem war: Er wusste das nicht.

Hätte er es gewusst, würde er möglicherweise der linken Dame ganz cool eine Absage erteilt haben: »Entschuldigung, aber ich bin sowieso ein Kronprinz. Von daher wüsste ich nicht, was Sie mir bieten könnten.«

Gilt das auch für uns? Ja! Ob wir es wissen oder nicht: Wir *sind* Adamssöhne und Evastöchter und von Gott bestimmt zum Königtum. Denn Gott sagte: »Jetzt wollen wir den Menschen machen, unser

Ebenbild, das uns ähnlich ist. Er soll über die ganze Erde verfügen: über die Tiere im Meer, am Himmel und auf der Erde.« So schuf Gott den Menschen als sein Ebenbild, als Mann und Frau schuf er sie. Er segnete sie und sprach: »Vermehrt euch, bevölkert die Erde, und nehmt sie in Besitz! Ihr sollt Macht haben über alle Tiere: über die Fische, die Vögel und alle anderen Tiere auf der Erde!«[96]

»In Besitz nehmen« und »Macht haben«, das war Gottes Plan für den Menschen. Er sollte Herr über die Schöpfung sein und regieren. Darum verleitete der Teufel die Menschen zum Treuebruch, damit er das Kommando übernehmen konnte.

Deshalb muss ich wissen, dass ich eine Evastochter, ein Adamssohn bin. Das bedeutet erstens, dass ich leicht verführbar bin und eine böse Neigung zur Rebellion gegen Gott in mir trage. Aber es bedeutet auch, dass ich die Bestimmung habe, König oder Königin zu werden.

Der Teufel redet uns ein, Gott wolle nur, dass wir im Staub kriechen. Falsch: Das will der Teufel. Gott will, dass wir auf Thronen sitzen und Kronen tragen!

Jesus verspricht: »Allen, die durchhalten und den Sieg erringen, werde ich das Vorrecht geben, mit mir auf dem Thron zu sitzen«, und sie werden die »Krone des Lebens« bekommen.[97]

Wie ein guter Vater will Gott für uns nur das Beste. Das Königtum ist unsere ursprüngliche Bestimmung, unser großes Vorrecht und unsere große Verantwortung. Wir sollen über Gottes Schöpfung herrschen. Genauso wie Edmund sollen wir von unserer kindischen Ichsucht befreit werden und zu weisen Regenten heranreifen.

Das ist eine große Aufgabe. In Narnia sehen wir, wie die Kinder diese Aufgabe mutig angehen, nachdem sie Aslan kennen gelernt haben.

Lucy heilte als Erstes die Verwundeten[98], und dann spürten die Könige Narnias die Überreste der Anhänger der Weißen Hexe auf und hörten nicht auf gegen sie zu kämpfen, bis die ganze üble Brut ausgerottet war. Nun machten die vier Könige und Königinnen richtige Gesetze und sorgten für Frieden.[99]

Das soll auch der Sinn unseres Lebens sein. Als solche, die Jesus ihr Leben übergeben und ihn als Herrscher anerkannt haben, sollen wir heilen, was verwundet ist, die Teufelsbrut ganz ausrotten und alles so ordnen, dass es dem Frieden und dem Wohl aller dient. Das sind die ersten »Schritte ins Königtum«.

Wie, muss ich Krankenpfleger werden und am Feierabend Batman spielen? Nein, darum geht es nicht. Das Königreich, das wir nun für Jesus zurückerobern müssen, ist in erster Linie unser eigenes Leben. Da beginnt jetzt die große Arbeit, nachdem wir uns auf Jesu Seite gestellt haben.

Als Erstes brauchen wir Heilung.

In dieser Welt haben wir viele Enttäuschungen und Verletzungen erlebt und sicher auch anderen zugefügt. Darum müssen wir denen, die uns verletzten, vergeben, und diejenigen, die wir verletzt haben, um Vergebung bitten. Nur so kann es Heilung geben.

Das ist manchmal sehr schwer. Aber wir können daran denken, dass Jesus am Kreuz allen vergeben hat. Wenn wir also denken: *Nein, dass kann ich nie vergeben!*, dann können wir zum Kreuz gehen und sehen, wie Jesus auch diese Schuld bezahlt hat.

Genauso wichtig ist es aber auch, selbst um Vergebung zu bitten. Jesus hat zwar für unsere Schuld bezahlt, aber der Schaden wird nur gut werden, wenn wir sie bekennen: *»Wenn wir behaupten, ohne Schuld zu sein, betrügen wir uns selbst und die Wahrheit ist nicht in uns. Wenn wir aber unsere Verfehlungen eingestehen, können wir damit rechnen, dass Gott treu und gerecht ist: Er wird uns unsere Verfehlungen vergeben und uns von aller Schuld reinigen.«*[100]

Das ist sehr wichtig. Es reicht auch nicht, wenn wir unsere Verfehlungen *nur Gott* bekennen. Wenn wir durch unser Fehlverhalten jemandem wehgetan haben, sagt Jesus, sollen wir zu unserem Nächsten hingehen und uns zuerst mit ihm versöhnen, bevor wir mit unseren Gebeten zu Gott kommen.[101]

Als Zweites haben wir die Aufgabe, die »noch übrig gebliebene Teufelsbrut« in unserem Leben aufzuspüren, zu bekämpfen und zu vernichten.

> *»Wer vom Diebstahl gelebt hat, muss jetzt damit aufhören. Er soll seinen Lebensunterhalt durch eigene Arbeit verdienen und zusehen, dass er noch etwas für die Armen übrig hat.«*
>
> *»Lasst ja kein giftiges Wort über eure Lippen kommen! Seht lieber zu, dass ihr für die anderen, wo es nötig ist, ein gutes Wort habt, das weiterhilft und denen wohl tut, die es hören.«*
>
> *»Weg also mit aller Verbitterung, mit Aufbrausen, Zorn und jeder Art von Beleidigung! Schreit einander nicht an! Legt jede feindselige Gesinnung ab! Seid freundlich und hilfsbereit zueinander und vergebt euch gegenseitig.«*[102]
>
> *»Also trennt euch ganz entschieden von allen selbst-*

süchtigen Wünschen, wie sie für diese Welt kennzeichnend sind! Trennt euch von Sittenlosigkeit und Unmoral, von Leidenschaften und Lastern, aber auch von der Habgier, die den Besitz für das Wichtigste im Leben hält und ihn zu ihrem Gott macht!«
»Lasst euch nicht mehr von Zorn und Hass beherrschen. Schluss mit aller Bosheit! Schluss mit dem gotteslästerlichen Reden und Fluchen! Hört auf, euch gegenseitig zu belügen. Ihr habt doch euer früheres Leben mit allem, was dazugehörte, wie alte Kleider abgelegt.«[103]

Das sind deutliche Worte. Es gibt keinen Zweifel daran, was die Teufelsbrut ist, die wir ausrotten sollen. Wir müssen nicht gegen andere Leute kämpfen, sondern gegen das Böse in uns selbst. Das braucht oft Ausdauer, und natürlich können wir diese Kriege nur mit Jesus gewinnen. Aus eigener Kraft werden wir das niemals schaffen. Doch wenn wir Jesus um Hilfe bitten, werden wir erleben, dass wir auch Riesen niederschlagen werden, die wir für unbesiegbar gehalten haben.

Als Drittes müssen wir »unserem Königreich« neue und weise Gesetze geben. Gesetze, die uns dazu befähigen, Gottes Willen zu tun und anderen Menschen eine Hilfe zu werden.

Das ist eine große Aufgabe, und darüber könnte man Bücher schreiben. Darum sollen hier nur drei Grundgesetze genannt werden, die wir unbedingt »erlassen« müssen, wenn wir wollen, dass in unserem Leben Frieden und Wohlstand gedeiht.

Das erste Prinzip sollte sein, dass wir Gott täglich zu uns reden lassen.

Das tun wir, wenn wir in der Bibel lesen. Wenn wir nicht in der Bibel lesen, können wir überhaupt nicht wissen, was Gott will. In diesem Buch wird etwa hundert Mal auf die Bibel verwiesen! Nur durch die Bibel erfahren wir, wie Gott wirklich ist und wie wir ihm Freude machen können.

Am besten fängt man mit dem Neuen Testament an und liest es zwei- bis dreimal ganz durch, bevor man sich die ganze Bibel »vorknöpft«. Man sollte nicht nur ein paar wenige Sätze pro Tag lesen, sondern die Bibel regelrecht verschlingen: *»Wie ein neugeborenes Kind nach der Milch schreit, so sollt ihr nach dem unverfälschten Wort Gottes verlangen. Dann werdet ihr im Glauben wachsen und das Ziel erreichen.«*[104]

Das zweite Prinzip sollte sein, dass wir täglich mit Gott reden. Im Fachjargon heißt das Beten. Vielleicht hast du mal ein Gebet auswendig gelernt, z.B. das *Vaterunser*. Das ist gut. Aber Jesus ist jetzt mein Freund, und Gott ist mein Vater. Er möchte, dass ich auch ganz persönlich mit ihm rede, ihm mit meinen eigenen Worten sage, was mich bewegt. Und zwar nicht nur sonntags oder wenn ich gerade mal in Lebensgefahr bin, sondern so oft wie möglich. Jesus lehrte, dass wir *allezeit beten* sollen!

Wir sollen Gott danken, ihm unsere Begeisterung über ihn zeigen und ihm alle unsere Sorgen und Wünsche sagen:

> *»Und immer gilt: Im Namen unseres Herrn Jesus Christus dankt Gott, dem Vater, zu jeder Zeit, überall und für alles!«*[105]
>
> *»Macht euch keine Sorgen! Ihr dürft Gott um alles bitten. Sagt ihm, was euch fehlt, und dankt ihm!«*[106]

Als dritte Grundregel finden wir das Prinzip, dass *die Könige von Narnia nicht allein regierten.*

Der Einzige, der in Narnia lange allein unterwegs war, war Edmund, und es ging ihm dabei schlecht. Gott will nicht, dass wir allein unterwegs sind, denn allein schaffen wir es nicht. Es standen vier Throne in Feeneden. Es ist Gottes Absicht, dass Evastöchter und Adamssöhne zusammen regieren.

Genau das ist der Sinn der *Kirche* oder der *Gemeinde,* von der Jesus geredet hat. Jesus sagte: »Ich will meine Gemeinde bauen, und keine Macht der Welt wird sie vernichten können.«[107] Er wollte, dass wir um jeden Preis zusammen sind.

Gemeinde oder Kirche, das ist nicht in erster Linie ein Gebäude oder eine Institution, sondern eine Gruppe von Menschen. Menschen, die Aslan – ich meine Jesus – persönlich kennen gelernt haben und nun bereit sind, *für ihn* zu leben, *mit ihm* auf dem Thron zu sitzen und das Leben zu ordnen.

Wer immer die Botschaft von Jesus hört und sie glaubend annimmt, soll sich einer christlichen Gemeinde anschließen.

> *»Viele Zuhörer glaubten, was Petrus ihnen sagte, und ließen sich taufen. Etwa dreitausend Menschen wurden an diesem Tag in die Gemeinde aufgenommen. Diese ersten Christen ließen sich regelmäßig von den Aposteln unterrichten und lebten in brüderlicher Gemeinschaft, feierten das Abendmahl und beteten miteinander.«*[108]

Welches ist die richtige Kirche, die richtige Gemeinde, der ich mich anschließen soll?

Es ist die Gemeinde, in der die Leute nicht nur einfach eine fromme Show abziehen, sondern Jesus wirklich persönlich kennen gelernt haben. In der man sich nach der Bibel richtet und glaubt, dass Jesus für unsere Sünden gestorben ist und wir *für ihn* leben müssen.

Zum Nachdenken:

- Warum ist es wichtig zu wissen, dass ich nach Gottes Willen ein König werde?
- Wie kann »mein Königreich« Heilung erfahren?
- Welcher »Teufelsbrut« will ich konkret den Kampf ansagen?
- Wie kann ich die drei Grundregeln des neuen Lebens mit Jesus praktisch verwirklichen?

Ein paar Worte zum Schluss

»Wer einmal König in Narnia wurde, bleibt König für alle Zeiten. Vergesst das nie und haltet es hoch in Ehren, ihr Söhne Adams und ihr Töchter Evas!«

Aslan zu den Kindern, Der König von Narnia, S. 147

»Ich habe euch das alles geschrieben, damit ihr wisst, dass ihr das ewige Leben habt, denn ihr glaubt ja an den Sohn Gottes.«

1.Johannes 5,13, NEÜ

»Meine Schafe erkennen meine Stimme; ich kenne sie, und sie folgen meinem Ruf. Ihnen gebe ich das ewige Leben, und sie werden niemals umkommen. Niemand kann sie aus meiner Hand reißen.«

Johannes 10,27-28

Was auch immer passieren mag und wie oft du auch versagst: Wenn du einmal Jesus als deinen Herrn und Retter angenommen hast, kann dich niemand mehr aus seiner Hand reißen. Nichts und niemand. Vergiss das nie!

Und jetzt geh aufrecht und gerade, denn du bist eine Königin – du bist ein König.

Fußnoten

1 Im Gegensatz zu Edmund, der darin nur eine geniale Gelegenheit sieht, seine kleine Schwester fertig zu machen.
2 Er unterrichtete bis 1954 englische Literatur in Oxford, dann Mittelalter- und Renaissance-Englisch in Cambridge.
3 Der König von Narnia, S. 41
4 Der König von Narnia, S. 41
5 Lukas 17,20-21
6 Matthäus 4,17
7 Johannes 18,36
8 Johannes 14,2
9 Johannes 3,32
10 Johannes 6,42
11 Der König von Narnia, S. 40 u. 42
12 nachzulesen in Matthäus, Kapitel 5-7
13 Johannes 10,20
14 Johannes 10,21
15 Lukas 10,27-39
16 Lies dazu Matthäus 18,21-35.
17 Matthäus 4,23-24
18 Johannes 14,11
19 vgl. Der König von Narnia, S. 16
20 1.Mose 1,31 – lies auch 1.Mose 2
21 1.Johannes 5,19
22 1.Mose 3,17-19, Gute Nachricht
23 Jesaja 8,23-9,1
24 Römer 3,16
25 Der König von Narnia, S. 43
26 1.Johannes 1,5, Gute Nachricht
27 Römer 12,9
28 Epheser 6,12
29 Römer 6,16
30 Hebräer 2,14; 1.Korinther 15,56
31 Johannes 8,44
32 Johannes 10,10
33 Der König von Narnia, S. 65

34 Der König von Narnia, S. 101
35 ebd., S. 65
36 Die Reise auf der »Morgenröte«, S. 199
37 Christin Ditchfield, *A Family Guide to Narnia*, S. 16
38 Johannes 1,14
39 Offenbarung 19,16
40 Johannes 8,58
41 Johannes 1,1-3
42 Lukas 8,28; 2.Thessalonicher 2,8
43 Matthäus 26,52-53, Gute Nachricht
44 Johannes 10,18
45 Lukas 5,8; Offenbarung 1,17
46 Der König von Narnia, S. 57
47 vgl. 2.Korinther 2,14-16
48 vgl. Apostelgeschichte 4,17; 5,28
49 Apostelgeschichte 5,29; 4,12
50 C.S. Lewis, *Letters to Childern*
51 Matthäus 12,30
52 1.Petrus 5,5, NEÜ
53 Matthäus 5,21-22
54 Sprüche 12,18
55 Jakobus 1,14-15, Gute Nachricht
56 Man denke da an Edmund, der seine Schwester sofort verdächtigte, ihm eins auswischen zu wollen, als er von ihr keine Antwort hörte.
57 Matthäus 10,16
58 Matthäus 18,3-4
59 Auch Aslan stellt die Kinder gleich in seine Kampftruppen gegen das Heer der bösen Gegenspielerin.
60 vgl. Der König von Narnia, S. 31-32
61 Der König von Narnia, S. 36
62 Der König von Narnia, S. 77
63 Galater 5,19-21, NEÜ
64 Matthäus 20,37-40
65 Johannes 8,34
66 Jakobus 1,14-15
67 Römer 6,20-21
68 Der König von Narnia, S. 114
69 1.Mose 2,16-17
70 Römer 6,23

[71] 1.Korinther 15,56, Gute Nachricht
[72] vgl. Der König von Narnia, S. 115
[73] 1.Mose 3,17-19, Gute Nachricht
[74] Offenbarung 21,8
[75] Jesaja 9,1.5-6; 11,5-6; 42,3-4.6-7 – 700 v.Chr.
[76] Lies dazu Lukas 2,1-20 und Matthäus 2,1-12.
[77] vgl. Lukas 4,18-19, Gute Nachricht
[78] Lukas 7,14
[79] Matthäus 11,5
[80] Der König von Narnia, S. 122-123
[81] Der König von Narnia, S. 125-126
[82] Jesaja 53,5
[83] 1.Mose 3,15
[84] Matthäus 26,37-38
[85] Der König von Narnia, S. 130-131
[86] Jesaja 53,10
[87] Psalm 16,10
[88] Matthäus 16,21
[89] Lukas 24,38-43
[90] vgl. Matthäus 27,42
[91] Hebräer 2,14-15
[92] Johannes 11,25
[93] Titus 2,11-12
[94] Römer 5,8
[95] Johannes 3,16-18
[96] 1.Mose 1,26-28
[97] Offenbarung 3,21, Gute Nachricht; Offenbarung 2,10, Luther
[98] Der König von Narnia, S. 145
[99] Der König von Narnia, S. 147-148
[100] 1.Johannes 1,8-9, Gute Nachricht
[101] Matthäus 5,23-24
[102] Epheser 4,28.29.31.32, Gute Nachricht
[103] Kolosser 3,5-9
[104] 1.Petrus 2,2
[105] Epheser 5,20
[106] Philipper 4,6
[107] Matthäus 16,18
[108] Apostelgeschichte 2,41-42

dLV

Taschenbuch

Josh McDowell
Wer ist dieser Mensch?

96 Seiten
ISBN: 3-89397-491-1

Wer war dieser Jesus wirklich? Daten, Fakten, Hintergründe. Selten gab es dazu eine so konzentrierte zusammengefasste Informationsquelle. Was ist an Jesus so anders? Was sagt die Wissenschaft? Sind die biblischen Berichte zuverlässig? Wem nützt ein toter Messias?
Der Autor: »Er hat mein Leben verändert.«